Elyndras Ergebung

DIE BEUTE DES ELFENJÄGERS

Impressum:
Bibliografische Information der Deutschen Nationalbibliothek. Die Deutsche Nationalbibliothek verzeichnet diese Publikation in der Deutschen Nationalbibliografie; detaillierte bibliografische Daten sind im Internet über http://dnb.d-nb.de abrufbar.
Veröffentlicht bei Infinity Gaze Studios AB
1. Auflage
Februar 2024
Alle Rechte vorbehalten
Copyright © 2024 Infinity Gaze Studios
Texte: © Copyright by Haruka Isshiki
Cover & Buchsatz: Valmontbooks

Infinity Gaze Studios AB
Södra Vägen 37
829 60 Gnarp
Schweden
www.infinitygaze.com

Kapitel 1

DER WALD VON ARDENIA

In den ewigen Wäldern von Ardenia, wo die Bäume so alt waren, dass sie Geschichten aus einer längst vergangenen Zeit zu flüstern schienen, lebte Elyndra. Sie war eine Elfe, deren Schönheit so natürlich und rein war, wie die unberührte Natur, die sie umgab. Ihr grünes Haar, das bis zu ihren Hüften reichte, floss wie die Bäche, die durch den Wald mäanderten, und ihre Augen glänzten in einem Ton, der an die frischen Blätter im Frühling erinnerte.

Elyndra war in Ardenia aufgewachsen und kannte keinen anderen Ort als diesen magischen Wald. Ihre Eltern hatten sie schon früh in den Künsten des Überlebens und des Einklangs mit der Natur unterwiesen.

Sie liebte es, durch die dichten Wälder zu streifen, die Tiere zu beobachten und die Pflanzen und Kräuter zu studieren, die in diesem Teil der Welt gediehen. Ihre Verbindung zur Natur war so tief, dass sie manchmal glaubte, die Stimmen der Bäume und Tiere hören zu können.

An diesem besonderen Morgen erwachte Elyndra mit dem ersten Licht des Tages. Die Sonnenstrahlen fielen sanft durch die offene Terrasse ihres Turms und tanzten auf ihrer Haut, während sie sich aus ihrem Bett erhob. Sie streckte sich genüsslich, ihre Muskeln spannten sich an wie die Sehnen eines Bogens. Mit einer Leichtigkeit, die nur einer Waldelfe eigen war, bewegte sie sich durch ihre runde Behausung, eine kunstvoll gearbeiteter von Ranken überwucherter Turm aus weißem Gestein, der perfekt in die Umgebung der kleinen Elfensiedlung eingebettet war.

Nachdem sie sich in einem ihrer üblichen Gewänder, einem knappen Einteiler aus grünem Leinenstoff, der mehr ihrer geschmeidigen Haut offenbarte, als er verbarg, gekleidet hatte, trat Elyndra nach draußen. Die frische Morgenluft füllte ihre Lungen, und ein Lächeln umspielte ihre Lippen, während sie die Ruhe und den Frieden des Waldes in sich aufnahm.

Sie liebte es, den Tag mit einem Spaziergang durch den Wald zu beginnen, um nachzusehen, welche Veränderungen die Nacht gebracht hatte.

Auf ihrem Weg begegnete sie den verschiedenen Geschöpfen des Waldes. Die Vögel zwitscherten fröhlich in den Bäumen, Eichhörnchen huschten geschäftig umher, und selbst die scheuen Rehe wagten sich in ihre Nähe. Elyndra begrüßte jedes Tier mit einem Lächeln und einem sanften Wort, denn sie fühlte sich ihnen ebenso verbunden wie den Bäumen und Pflanzen.

In der Tiefe des Waldes, wo die Stille nur durch das Flüstern des Windes und das leise Plätschern eines nahegelegenen Baches unterbrochen wurde, fand Elyndra einen Moment der Einsamkeit.

Der Ort, den sie gefunden hatte, war wie ein verstecktes Juwel – eine kleine Lichtung, umgeben von uralten Bäumen, deren Kronen ein grünes Dach bildeten, das das Sonnenlicht sanft filterte. Die Luft hier war frisch und roch nach feuchter Erde und wilden Blumen. Ein Gefühl der Ruhe und des Friedens umgab diesen Ort.

Elyndra ließ ihre Kleidung zu Boden gleiten, sodass sie leise auf dem weichen Untergrund landete. Nackt stand sie da, ihre Haut kühl und von der Waldluft geküsst. Sie schloss ihre Augen und atmete tief ein, ließ die Essenz des Waldes in ihre

Lungen strömen. In diesem Moment der absoluten Freiheit fühlte sie sich lebendiger denn je. Elyndra begann, ihren eigenen Körper zu erkunden, ihre Finger glitten sanft über ihre Haut, spürten jede Kurve, jede Linie. Sie fühlte die weiche Textur ihrer Brüste, das sanfte Ziehen ihrer Brustwarzen unter ihren Berührungen.

Ihre Hand wanderte tiefer, über ihren Bauch, der sich sanft unter ihrer Berührung wölbte, hinab zu dem Ort, der ihr geheimes Verlangen verbarg. Elyndra gab sich diesen Empfindungen hin, ihre Finger spielten rhythmisch. Ihr Atem wurde schwerer, und leise Seufzer entwichen ihren Lippen. Ihre Bewegungen wurden drängender, fordernder, als sie sich der Spitze ihrer Lust näherte. Die Welt um sie herum schien zu verschwimmen, alles, was existierte, war sie und das überwältigende Gefühl, das sich in ihrem Körper aufbaute. Schließlich, als sie den Höhepunkt ihrer eigenen Berührungen erreichte, brach ein leiser Schrei der Ekstase von ihren Lippen, der im Wald widerhallte. Elyndra sank zu Boden, ihr Körper zitterte vor Freude und Erschöpfung. Sie lag dort, nackt und atemlos, und fühlte sich eins mit dem Wald, der sie umgab – frei, wild und ungebändigt.

Kapitel 2

DER ABENTEURER CAELON

In einem anderen Teil des Waldes von Ardenia, weit entfernt von Elyndras friedlicher Lichtung, lebte Caelon. Mit seinem smaragdgrünen Haar, das im Sonnenlicht funkelte, und seinen tiefgründigen, suchenden Augen, war er ein Abenteurer durch und durch. Er war in einem benachbarten Dorf aufgewachsen, doch seine Füße hatten ihn immer wieder in die Weiten des Waldes gezogen. Er war groß und athletisch, seine Muskeln zeugten von den vielen Stunden, die er jagend und erkundend im Wald verbracht hatte. Er war geschickt mit dem Bogen und kannte die Pfade des Waldes wie seine eigene Westentasche. Doch was ihn wirklich auszeichnete, war seine unersättliche Neugier und sein Drang, die Geheimnisse des Waldes zu entdecken.

Caelon war ein Mann von Unabhängigkeit und Stärke. Seine Fähigkeiten als Jäger waren im Dorf unübertroffen, und er sorgte oft dafür, dass die Speisekammern auch in harten Zeiten gefüllt waren. Er war bekannt dafür, dass er immer half wo er gebraucht wurde, teils aus einem natürlichen Gefühl der Verantwortung, teils aus einem pragmatischen Verständnis für das Überleben in der Wildnis. Seine Kenntnisse über essbare und heilende Pflanzen waren für das Dorf von unschätzbarem Wert.

Caelon war jedoch kein Mann vieler Worte. Seine Taten sprachen für ihn, und obwohl er selten im Mittelpunkt der Dorfgemeinschaft stand, war sein Einfluss unverkennbar. Wenn er von seinen Streifzügen zurückkehrte, brachte er nicht nur Nahrung, sondern auch Geschichten mit, die er jedoch meist beiläufig und ohne großes Aufsehen erzählte. Die Kinder des Dorfes lauschten ihm gebannt, fasziniert von den Abenteuern, die er erlebt hatte. Er mochte Kinder, selbst wollte er jedoch keine haben.

Er war auch ein geschickter Handwerker, dessen Bögen und Pfeile im ganzen Dorf begehrt waren. Seine Fertigkeiten im Umgang mit Holz und Sehne waren nicht nur für die Jagd wichtig, sondern auch für die Verteidigung des Dorfes.

Er hatte die Jüngeren im Umgang mit dem Bogen unterrichtet, nicht aus einem Gefühl der Nächstenliebe, sondern weil er wusste, dass jeder im Dorf fähig sein musste, sich zu verteidigen.

An diesem Morgen war Caelon früh aufgestanden. Die Morgendämmerung hatte gerade erst den Himmel in ein sanftes Rosa getaucht, als er seine spärliche Ausrüstung zusammenpackte und sich auf den Weg machte. Sein Ziel war ein abgelegener Teil des Waldes, von dem es hieß, er beherberge seltene Pflanzen und Tiere, die Caelon noch nie zu Gesicht bekommen hatte.

Während er durch den Wald streifte, bewegte er sich mit einer Leichtigkeit, die nur jemand besaß, der sein ganzes Leben in der Wildnis verbracht hatte. Er lauschte den Geräuschen um ihn herum, dem Zwitschern der Vögel, dem Rascheln der Blätter unter seinen Füßen, dem fernen Rauschen eines Baches.

Caelons Abenteuerlust war nicht nur auf die physische Welt beschränkt. Er war ebenso ein Suchender im Geiste, immer auf der Suche nach Antworten auf die großen Fragen des Lebens. Warum waren sie hier? Was war der Zweck ihres Daseins? Diese Fragen hielten ihn nachts oft wach, während er in seinem Bett lag und durch das Fenster die Sterne beobachtete.

Als er eine Pause einlegte, um Wasser aus einem Bach zu schöpfen, dachte Caelon über sein Leben nach. In den tiefen Wäldern, fernab der lebhaften Stimmen seines Dorfes, verweilte er oft in Gedanken über das, was ihm in seinem Leben fehlte.

Die Frauen seines Dorfes, obwohl stark und unabhängig, entsprachen nicht dem Bild seiner Traumfrau. Er sehnte sich nach einer sanften, gefügigen Gefährtin – einer, die seine Wünsche und Anweisungen mit Hingabe erfüllte.

Für Caelon war die Vorstellung, eine solche Partnerin an seiner Seite zu haben, faszinierend und anziehend. In seiner Fantasie sah er sich mit einer Frau, die nicht nur seine Abenteuer begleitete, sondern auch bereitwillig seinem Führungsanspruch folgte. Sie wäre eine stille, aufmerksame Zuhörerin seiner Erzählungen, eine, die ihn mit bewundernden Augen ansah und in seiner Gegenwart eine zarte Unterwürfigkeit zeigte.

Es war die Idee der Kontrolle, die Caelon reizte – die Vorstellung, dass diese imaginierte Gefährtin ihm nicht nur in den Abenteuern des Waldes, sondern auch in persönlicheren Momenten folgsam wäre. Er träumte von einer Beziehung, in der seine Vorstellungen und Wünsche im Vordergrund standen, einer Verbindung, in der seine dominierende Natur auf eine sanfte, nachgiebige

Art traf. Diese Gedanken gaben seinen nächtlichen Streifzügen durch den Wald eine neue Dimension. Caelon, der sonst so schweigsame und unabhängige Mann, erlaubte sich in diesen einsamen Momenten, seinen Träumen nachzuhängen – Träumen von einer Gefährtin, die sein starkes Bedürfnis nach Führung und Kontrolle stillte.

So blieb er in seinen Gedanken verloren, ein einsamer Jäger im Schatten der Bäume, immer auf der Suche nach etwas, das nur in den verborgensten Winkeln seiner Fantasie existierte.

Der junge und wilde Elfenmann mit dem smaragdgrünen Haar, hatte sich an den Bach in der Lichtung zurückgezogen, umgeben von der Wildheit des Waldes. Die Sonne stand nun tief am Himmel, ihre letzten Strahlen tauchten die Welt in ein goldenes Licht. Caelon, der sich allein und unbeobachtet fühlte, spürte eine brodelnde Energie in sich aufsteigen, eine Energie, die von einer tiefen, rohen Lust angetrieben wurde.

Er stand am Ufer des Baches, seine Augen fixierten das klare Wasser, das sanft und einladend vor ihm floss.

Ohne zu zögern, entledigte er sich seiner knappen, grünen Kleidung, bis er nackt dastand, seine athletische Gestalt im letzten Licht der untergehenden Sonne glänzend. Seine Haut prickelte in der kühlen Waldluft, und sein Herz schlug schnell vor Erregung. Langsam beugte er sich vor und tauchte seine Hände in das kühle Nass. Das Wasser fühlte sich belebend auf seiner erhitzten Haut an. Er schöpfte etwas Wasser und ließ es über seine Brust und seinen Bauch laufen, beobachtete, wie es in kleinen Bächen seinen Körper hinunterfloss.

Mit einer Hand fuhr Caelon über seinen muskulösen Bauch, hinab zu seiner Lende, wo er bereits eine deutliche Erregung spürte. Seine Berührungen waren zunächst zaghaft, fast als würde er die Grenzen seiner eigenen Lust erkunden. Doch bald wurden sie selbstsicherer, drängender. Er umfasste sich selbst, seine Bewegungen wurden fester und bestimmter, während er seinen Kopf in den Nacken warf und die ekstatische Empfindung genoss.

Caelon spürte, wie die Lust in ihm immer weiter anstieg, wie eine Welle, die sich unaufhaltsam ihrem Höhepunkt näherte.

Seine Atmung beschleunigte sich, seine Bewegungen wurden fast schon hektisch. Er verlor sich in dem Gefühl, in der intensiven, überwältigenden Lust, die ihn erfüllte.

Als er schließlich kam, war es, als würde ein Sturm durch seinen Körper fegen. Er stöhnte laut auf, ein ursprünglicher Laut, der im Wald widerhallte.

Seine Knie wurden schwach, und er musste sich mit einer Hand am Ufer abstützen, um nicht zu fallen. Sein Atem kam keuchend, und er schloss seine Augen, um den Moment vollständig auszukosten.

Langsam ließ die Intensität der Empfindungen nach, und Caelon öffnete seine Augen wieder. Er saß immer noch am Ufer des Baches, jetzt erschöpft, aber zufrieden. Er wusch sich im kühlen Wasser des Baches, sein Herz schlug immer noch schnell, aber sein Geist war klar und frei.

Als er sich schließlich wieder anzog, fühlte Caelon sich erneuert, fast als hätte er eine innere Barriere durchbrochen. Durstig trank er aus dem kühlen Bach. Nachdem er seinen Durst gestillt hatte, setzte er seine Reise fort. Er folgte einem Pfad, der sich schlängelnd durch das dichte Unterholz zog.

Es war am späten Nachmittag, als Caelon eine Lichtung erreichte. Er blieb stehen und sah sich um. Die Sonne stand tief am Himmel, ihre Strahlen fielen durch die Baumkronen und erzeugten ein Muster aus Licht und Schatten auf dem Boden. In diesem Moment wusste Caelon, dass er etwas Besonderes gefunden hatte – nicht die seltene Pflanze oder das Tier, nach dem er gesucht hatte, sondern einen Ort von unbeschreiblicher Schönheit und Ruhe.

Kapitel 3

DIE BEGEGNUNG

Elyndra durchstreifte den Wald, sammelte Kräuter, lauschte dem Gesang der Vögel und genoss die warmen Sonnenstrahlen, die durch das Blätterdach fielen. Ihre sinnliche Kleidung aus elfischer Seide glänzte weiß wie Schnee im Sonnenlicht. Gleichzeitig bewegte sich Caelon, getrieben von seiner unstillbaren Abenteuerlust, durch einen anderen Teil des Waldes. Er war auf der Suche nach neuen Heilbeeren, von denen er gelesen hatte und die der Wald noch zu offenbaren hatte. Als Elyndra einen kleinen, von Moos überwachsenen Hügel erklomm, traf ihr Blick auf eine Gestalt, die sich auf der anderen Seite näherte.

Es war Caelon, der, ganz in Gedanken versunken, den Hügel von der gegenüberliegenden Seite heraufstieg und den Boden untersuchte.

Ihre Blicke trafen sich, und für einen Moment schien die Zeit stillzustehen. Elyndra, die sonst so frei und ungebunden war, spürte ein unerwartetes Kribbeln in ihrem Bauch. Caelon, der normalerweise so fokussiert und zielstrebig war, war unerwartet abgelenkt durch die Schönheit der Elfe, die vor ihm stand.

„Guten Tag", hauchte Elyndra mit einer Stimme, die so klar war wie das Wasser des Baches. „Ich bin Elyndra. Verzeih meine Neugier, aber du scheinst mir nicht von hier zu sein oder täusche ich mich?"

Der große Elfenmann, der einen Moment brauchte, um sich zu sammeln, erwiderte: „Ich bin Caelon. Und du hast recht, ich komme aus der Siedlung etwa zwei Stunden nördlich von hier."

Seine Stimme hatte einen tiefen, melodischen Klang, der Elyndra unerwartet berührte.

Gemeinsam schlenderten sie los, gewillt sich besser kennenzulernen.

„Siehst du den Himmel heute?", begann Elyndra, während sie ihre Blicke nach oben richteten. „Die Wolken scheinen fast mit den Baumwipfeln zu tanzen."

Caelon folgte ihrem Blick und nickte.

„Ja, und es sieht so aus, als ob der Wald jedes Mal anders aussieht, wenn sich das Wetter ändert. Es ist, als hätte er viele Gesichter."

Sie lachten gemeinsam, und während sie weitergingen, entdeckte Caelon, dass ihre Gespräche mühelos tiefgründiger wurden.

„Was treibt dich in den Wald, Elyndra?", fragte er neugierig.

„Ich liebe die Ruhe hier, die Geheimnisse, die in jedem Blatt und jeder Blüte verborgen liegen", antwortete Elyndra. „Es gibt immer etwas Neues zu entdecken, findest du nicht auch?"

Der Elf stimmte zu.

„Genau das fasziniert mich. Jedes Mal, wenn ich hier bin, ist es wie ein neues Abenteuer. Die Natur ist unendlich vielfältig."

Während ihres Spaziergangs führte Elyndra ihn zu einigen ihrer Lieblingsorte.

„Schau, das ist einer meiner Lieblingsplätze", sprach sie voller Begeisterung, als sie eine kleine Lichtung erreichten, die von Wildblumen umsäumt war. „Im Frühling ist es hier ein Meer aus Farben. Ich liebe es, hier zu sitzen und den Vögeln zu lauschen."

Caelon blickte sich um und war beeindruckt. Diesen Ort kannte er noch nicht.

„Es ist wirklich wunderschön hier", bemerkte er.

Später erreichten sie einen alten Baum mit weit verzweigten Wurzeln.

„Dieser Baum ist wie ein alter Freund", erklärte Elyndra, während sie sich auf eine der Wurzeln setzte. „Ich komme oft hierher, um nachzudenken."

Caelon setzte sich neben sie und spürte eine friedliche Stille, die diesen Ort umgab.

Zum Abschluss ihrer Wanderung gelangten sie zu einem Wasserfall. Das Rauschen des Wassers erfüllte die Luft.

„Das hier", vertraute ihm Elyndra mit einem Lächeln an, „ist der Ort, an dem ich mich am freiesten fühle. Das Wasser fällt, ohne sich um den Rest der Welt zu kümmern. Es ist so kraftvoll und doch so beruhigend."

Während sie immer näher an den Wasserfall spazierten, spürte Caelon eine zunehmende Faszination, die über die bloße Schönheit der Natur hinausging. Elyndra selbst war es, die seine Sinne in Aufruhr versetzte. Ihre Leidenschaft für den Wald, die Art und Weise, wie sie sich so mühelos und voller Hingabe mit der Natur verband, berührte etwas Tiefes in ihm.

Er konnte seinen Blick nicht von ihr lassen. Elyndra war von einer zierlichen, nymphenhaften Statur, mit einer Anmut, die jede ihrer Bewegungen begleitete. Ihre Figur war eine harmonische Mischung aus Zartheit und üppigen Rundungen, die unter ihrem einfachen, aber figurbetonten

Gewand hervortraten. Besonders ihr ansehnliches Gesäß zog Caelons Aufmerksamkeit auf sich, jedes Mal, wenn sie sich bewegte oder sich zu einer der zahlreichen Blumen hinunterbeugte.

Ihre kindliche Unbeschwertheit und ihre sanfte, liebliche Art schufen eine faszinierende Mischung aus Unschuld und sinnlicher Ausstrahlung. Caelon spürte, wie animalische Gefühle in ihm aufstiegen, ein rohes, fast ursprüngliches Verlangen, das durch Elyndras Gegenwart geweckt wurde. Jedes Lachen von ihr ließ sein Verlangen noch intensiver werden.

In Momenten, in denen sie ihm in die Augen sah, fühlte er eine elektrisierende Verbindung, die durch die Luft zwischen ihnen knisterte. Ihre Nähe ließ Caelons Herz schneller schlagen und er spürte, wie eine tiefe, fast primitive Anziehungskraft in ihm erwachte. In diesen Augenblicken, fühlte er sich mehr denn je lebendig und erfüllt von einem brennenden Verlangen, das er kaum zu zügeln vermochte.

„Ist das nicht entspannend?", begann Elyndra, während sie ihre Hand ausstreckte, um die feinen Spritzer des Wasserfalls zu fangen. „Dieser Wasserfall ist einer meiner Lieblingsorte im Wald."

„Es ist atemberaubend. Ich habe noch nie etwas Vergleichbares gesehen. Das Wasser glitzert wie Tausende von Diamanten."

Elyndra lachte leise, ein Klang so klar und fröhlich wie der Gesang der Vögel um sie herum. „Ja, genau das liebe ich. Hier fühle ich mich so... glücklich. Komm, ich zeige dir etwas."

„Oh? Was denn?", fragte Caelon, neugierig und fasziniert was wohl als nächstes kommen möge.

„Sei geduldig! Du wirst es schon sehen. Folge mir." Ihre Stimme war spielerisch, ein leiser Hauch von Geheimnis schwang in ihr mit.

„Ich folge dir gerne, wohin auch immer du gehst," lachte der Jäger auf.

Die zierliche Elfe führte ihn über die glitschigen Steine am Rande des Wassers.

„Pass auf, die Steine hier können rutschig sein. Gib mir deine Hand."

Ihre Finger umschlossen die seine, ein Gefühl von Wärme und Verbundenheit durchströmte sie.

„Deine Hand ist so weich ... und warm."

„Hinter diesem Felsen," erklärte Elyndra, „kannst du direkt unter den Wasserfall treten."

Der Elf trat unter den Wasserfall, das kühle Wasser umhüllte ihn und erfüllte ihn mit einer Frische, die er noch nie zuvor erlebt hatte.

„Unglaublich! Das Wasser ist so erfrischend. Du kommst hier oft her?"

„Ja, oft. Eigentlich jeden Tag. Es ist mein kleines Geheimnis. Ich teile es nicht mit vielen. Eigentlich mit niemandem …“

Ihre Stimme klang wehmütig.

„Dann fühle ich mich geehrt, dass du es mit mir teilst,“ gestand Caelon, während er das Wasser über seine Haut laufen ließ.

Elyndra sah ihn an, ihre Augen spiegelten das glitzernde Wasser.

„Komm“, forderte der Elf sie mit einem verschmitzten Lächeln auf und ergriff ihre Hand. Ohne zu zögern, führte er sie unter den kaskadierenden Wasserfall.

Das kühle Nass umhüllte sie sofort, ein erfrischendes und belebendes Erlebnis, das sie lauthals zum Aufatmen brachte.

Unter dem Wasserfall drehten sie sich umher, ließen die kraftvollen Ströme über ihre Köpfe und Körper rinnen. Elyndra lachte hell auf, die Tropfen perlten von ihren Wimpern ab, und Caelon fühlte sich von ihrer ausgelassenen Freude mitgerissen. Das Wasser umhüllte sie wie ein lebendiger Schleier.

Als sie schließlich, lachend und atemlos, aus dem Wasser traten, bemerkte Caelon, dass Elyndras Kleid nun völlig durchnässt und an ihren Körper geschmiegt war.

Es umhüllte sie wie eine zweite Haut, ließ die Konturen ihres Körpers deutlich hervortreten und verlieh ihr eine verführerische Anmut. Das Gewebe des Kleides war durchsichtig geworden. Ihr Körper zeichnete sich klar unter dem Stoff ab, jede Kurve und jeder Linie. Ihre, durch die Kälte des Wassers, zitternde Haut glitzerte in der Sonne wie Feenstaub.

Caelon konnte seinen Blick nicht abwenden. Die Tropfen, die von ihrem Haar und ihrem Gesicht herabrannen, betonten ihre natürliche Schönheit. Ein Gefühl der Bewunderung mischte sich mit einem tieferen, intensiveren Verlangen, das in ihm erwachte.

Er trat einen Schritt näher, seine Augen fest auf Elyndra gerichtet, die ihm mit einem schüchternen Lächeln begegnete. Diese machte sich daran, sich an einem sonnigen Fleck nahe dem Wasserfall zu trocknen.

Sie war sich der Veränderung ihres Kleidzustandes nicht bewusst, da ihre Aufmerksamkeit ganz dem Moment galt. Mit einer unbeschwerten, fast kindlichen Freude setzte sie sich nieder, die Beine ausgestreckt, während sie ihr Gesicht der wärmenden Sonne zuwandte.

Caelon, der einige Schritte entfernt stand, beobachtete sie einen Moment lang.

In diesem Augenblick, als das Sonnenlicht

durch die durchnässte Seide zwischen ihren Schenkeln schimmerte, zeichneten sich die Umrisse ihrer Scham ab. Die Art, wie der Stoff sich sanft an ihre Formen schmiegte, enthüllte mehr von ihrer Gestalt, als Elyndra sich bewusst war.

Für einen kurzen Moment fühlte Caelon sich überwältigt von der Anmut und dem angedeuteten Anblick, den das durchnässte Gewand bot. Es war ein Bild von unschuldiger Schönheit, das von der kraftvollen Kulisse des Wasserfalls und der friedlichen Atmosphäre des Waldes umrahmt wurde.

Fröhlich streckte Elyndra die Arme der Sonne entgegen.

„Was sagst du, ist es nicht atemberaubend hier? Falls es dir beliebt, kannst du gerne öfter hierherkommen. Ich finde es schön, zur Abwechslung ein bisschen Gesellschaft zu haben."

„Du weißt schon, dass nicht der Wasserfall das atemberaubendste Schauspiel hier ist?", begann Caelon, während sein Blick frech über jeden Winkel ihres Körpers glitt.

Die Elfe spürte seinen Blick fast physisch auf ihrer Haut und fühlte, wie eine Welle der Erregung in ihr aufstieg.

„Was meinst du damit?", fragte sie, eine Spur von Scheu in ihrer Stimme, während sie versuchte, seinen intensiven Blicken auszuweichen.

Der Elfenjäger trat näher, seine Augen glitzernd vor frecher Zuversicht.

„Ich meine natürlich die betörende Schönheit direkt vor mir."

Elyndra spürte, wie ihre Wangen heiß wurden, eine Mischung aus Beschämung und Neugier. „Das klingt sehr nach den Worten eines Schmeichlers", stammelte sie verlegen.

„Oh, ich spreche nur aus, was mein Herz fühlt und meine Augen sehen", entgegnete Caelon mit einem schelmischen Lächeln. „Und sie sehen sehr viel, Elyndra, sehr viel."

Sie fühlte, wie seine Blicke sie erneut abtasteten, als könnten sie durch ihre Kleidung hindurchsehen.

„Und was genau sehen deine Augen dann?", fragte sie, ihre Stimme leicht zitternd unter der Intensität seines Blickes.

„Ein Mädchen, das mit der Lebendigkeit des Waldes selbst wetteifern kann. Eine junge kleine Elfe, deren Lachen und Ausstrahlung jeden Wasserfall in den Schatten stellt", schwärmte Caelon, während er noch einen Schritt nähertrat.

Elyndra, nun fast überwältigt von der Art, wie er sie ansah, wie er jeden Zentimeter ihres Körpers zu erfassen schien, spürte, wie ihr Körper auf seine Worte und Blicke reagierte.

Es war, als würde jede Faser ihres Seins unter seiner Aufmerksamkeit zum Leben erweckt.

„Deine Augen... sie sind so intensiv", stammelte sie, ihre Gedanken wirbelten zwischen Verlegenheit und Neugier.

„Sie reflektieren nur die Schönheit, die sie sehen", erwiderte Caelon, seine Stimme tief und verführerisch. „Und sie täuschen mich nicht, wenn sie mir sagen, dass du nicht nur äußerlich wunderschön, sondern auch innerlich faszinierend bist."

Sein Blick schweifte zwischen ihre Beine.

Elyndra fühlte, wie sich ihre anfängliche Scheu langsam in ein erregtes Zittern verwandelte. Caelons Worte, seine aufdringlichen, aber charmanten Bemerkungen, entfachten etwas in ihr.

„Du hast wirklich eine ungewohnte Art mit Worten umzugehen...", flüsterte sie leise, ihre eigenen Gefühle und Gedanken nun ebenso aufgewühlt wie das Wasser des Wasserfalls.

Caelon neigte seinen Kopf in einer sanften Geste.

„Nur, wenn ich jemandem begegne, der es wert ist. Und du, Elyndra, bist mehr als das."

Sein Blick war voller unausgesprochener Worte und sein Lächeln verriet eine Mischung aus Vorfreude und Bedauern.

„Leider muss ich jetzt aber gehen", seufzte er.

Seine Stimme klang wehmütig, doch musste er noch etwas Essbares in sein Dorf zurückbringen. „Aber sag mir, wirst du morgen beim Mondfest sein? Es findet nicht weit von hier statt."

Elyndra, noch immer gefangen in dem Netz aus Emotionen die ihre Begegnung gewoben hatte, nickte freudig.

„Ja, natürlich werde ich dort sein!. Es ist schließlich meine Siedlung, die das Mondfest jedes Jahr veranstaltet! So wie fast alle großen Festlichkeiten."

Caelon trat näher, sein Gesicht nur wenige Zentimeter von ihrem entfernt.

„Dann habe ich noch einen Grund mehr, um hinzugehen. Ich hoffe, dich dort wiederzusehen. Es wäre eine Freude, mehr Zeit mit dir zu verbringen."

Als er sich vorbeugte, um ihr einen sanften Kuss auf die Wange zu geben, umhüllte sein Duft sie – ein wilder, natürlicher Geruch, gemischt mit einer Spur von etwas Unbenennbarem, das tief und männlich war. Elyndra spürte, wie ihr Körper auf diese Nähe reagierte, eine Wärme breitete sich in ihr aus.

Caelons Augen verweilten einen Moment lang auf den sich abzeichnenden Konturen ihrer Brustwarzen, die sich durch das Gewebe ihres

Oberteils drückten. Ein lüsternes Grinsen umspielte seine Lippen, als wäre er sich der Wirkung, die er auf sie hatte, vollkommen bewusst.

„Bis zum Mondfest, Elyndra", säuselte er mit einem verschmitzten Ausdruck, bevor er sich abwandte und den Weg zurück durch den Wald antrat.

Elyndra blieb zurück, allein mit dem Rauschen des Wasserfalls und den flatternden Schmetterlingen in ihrem Bauch. Sie berührte ihre Wange, wo sein Kuss noch immer wie ein brennendes Versprechen brannte.

Kapitel 4

DAS MONDFEST

Das Mondfest in Ardenia, ein Ereignis von unvergleichlicher Pracht und Magie, war ein Zeugnis der tiefen Verbundenheit der Dorfbewohner und Waldbewohner mit dem Kosmos. In der Nacht des vollen Mondes kamen sie zusammen, um die silbrige Herrlichkeit des Himmelskörpers zu feiern. Überall im Dorf und in den umliegenden Wäldern spürte man eine Atmosphäre der Freude und Gemeinschaft.

Die Vorbereitungen für das Fest waren ein Schauspiel für sich. Kunstvoll gewobene Lampions und Fackeln wurden zwischen den Bäumen und entlang der Pfade aufgehängt, um das nächtliche Dunkel mit einem sanften, farbenfrohen Leuchten zu durchbrechen.

Diese Beleuchtung, handgefertigt von den geschicktesten Handwerkern des Dorfes, war mit mystischen Symbolen und Szenen aus alten Legenden verziert.

Musiker mit Laute, Flöte und Trommel probten ihre Melodien, die so alt waren wie der Wald selbst. Ihre Lieder erzählten von geheimnisvollen Legenden. Die Musik reichte von leisen, träumerischen Weisen bis hin zu lebhaften Tänzen.

An manchen Punkten im Dorf und im Wald wurden kleine Altäre errichtet, geschmückt mit Mondsteinen, glänzenden Kristallen und duftenden Blumen. Diese heiligen Orte dienten dazu, dem Mond und den Naturgeistern Ehre zu erweisen. Bei Einbruch der Dunkelheit würden die Altäre mit Kerzenlicht und dem Rauch von duftendem Weihrauch beleuchtet.

Die Bewohner von Ardenia kleideten sich in ihre feierlichsten Gewänder, um die Schönheit des Mondes widerzuspiegeln. Ihre Kleidung, reich verziert mit Motiven aus der Natur und bestickt mit silbernen Fäden, glänzte und schimmerte im Mondlicht.

Elyndra wählte ein Kleid, das ihre elfische Anmut unterstrich. Es war in den Farben des Waldes gehalten, mit Goldtönen, die im Licht des Mondes glänzten, und verlieh ihr eine betörende Aura.

Als sie das Fest erreichte, war sie überwältigt von der Pracht. Überall tanzten Elfen, lachten und feierten. Die Musik schuf eine beruhigende Atmosphäre. Ihre Augen suchten in der Menge nach Caelon. Sie erinnerte sich an sein freches Grinsen, seine intensiven Augen, und ein Teil von ihr sehnte sich danach, ihn wiederzusehen. Als sie ihn schließlich erblickte, spürte sie, wie ihr Herz einen Schlag übersprang.

Er stand am Rand des Festplatzes, sein smaragdgrünes Haar leuchtete im Licht der Laternen, und er war in ein einfaches, aber elegantes Gewand gekleidet. Lächelnd bahnte er sich seinen Weg durch die Menge zu ihr, und Elyndra spürte, wie die Aufregung in ihr wuchs.

„Du siehst wunderschön aus", begrüßte er sie, seine Stimme war sanft, aber in seinen Augen lag ein Glitzern, das sie an ihre letzte Begegnung erinnerte.

„Danke. Du siehst auch... beeindruckend aus", erwiderte sie, ihre Wangen leicht gerötet.

„Erzähl mir von deinem schönsten Erlebnis im Wald", bat Caelon mit einem neugierigen Funkeln in den Augen.

Elyndra lächelte, als Erinnerungen in ihr aufstiegen.

„Es war eine klare Frühlingsnacht, genau wie diese", begann sie. „Ich fand einen versteckten

Pfad, der zu einer kleinen Lichtung führte, wo Tausende von Glühwürmchen tanzten. Es war, als hätte jemand Sterne vom Himmel geholt und sie im Gras verstreut."

Caelons Lächeln vertiefte sich. Ihre unverbrauchte Art, gefiel ihr immer mehr. Sie verkörperte all das, was er schon seit langer Zeit begehrte.

„Das klingt wahrhaft magisch. Mein eindrücklichstes Erlebnis war, als ich einem Wolf begegnete, der so groß war wie ein Pferd. Wir standen uns gegenüber, und in seinen Augen sah ich keine Feindschaft. Er wusste, dass ich ihm nichts Böses wollte. So ein beeindruckendes Geschöpf."

Sie lachten zusammen, und Elyndra fügte hinzu: „Es scheint, als wären wir beide von den Geheimnissen des Waldes angezogen. Das mit diesem riesigen Wolf hätte aber auch nach hinten losgehen können."

Bei dem Gedanken, einem solchen Ungetüm zu begegnen, bekam sie es mit der Angst zu tun, obgleich sie alle Tiere liebte.

Als die Musik begann, eine sanfte, rhythmische Melodie, sah Caelon sie fragend an.

„Darf ich um diesen Tanz bitten?"

Als Elyndra in seine Arme trat, war es, als hätte man sie in einen Kokon aus Wärme und Kraft eingehüllt.

Sie spürte die Männlichkeit seines Körpers, eine starke Präsenz, die sie gleichzeitig beschützte und begeisterte. Sie bewegten sich im Takt der Musik, ihre Körper eng aneinandergeschmiegt. Die junge Elfe fühlte sich, als würde sie über den Boden gleiten.

Während sie tanzten, war Caelon fasziniert von Elyndras zierlicher Statur, wie klein und anmutig sie neben seiner imposanten Gestalt wirkte. Sie war so leicht in seinen Armen, als könnte er sie mit der geringsten Anstrengung über die Tanzfläche wirbeln. Ihre Leichtigkeit und Anpassungsfähigkeit an seine Bewegungen entzückten ihn. Es war, als hätte er endlich die perfekte anschmiegsame Elfe gefunden, die er sich immer gewünscht hatte – eine junge Frau, die seiner Führung willig und anmutig folgte.

Jedes Mal, wenn ihre Blicke sich trafen, sprang ein Funke zwischen ihnen über, ein elektrisierendes Gefühl, das in der Luft vibrierte.

Caelons Augen streiften immer wieder ihre Gestalt, bewunderten die Zartheit ihrer Formen, die sich so perfekt an seine stärkere Figur schmiegten.

Als der Tanz zu Ende ging, hielt er ihre Hand noch einen Moment länger fest.

„Ich bin so froh, dass ich dich hier wiedergetroffen habe, meine Kleine", sprach er leise.

„Ich auch", flüsterte sie zurück, ihr Herz schlug laut in ihrer Brust. Noch nie hatte ihr jemand so direkt den Hof gemacht.

Als Elyndra und Caelon sich an der reich geschmückten Tafel niederließen, die für das Festmahl des Mondfestes vorbereitet worden war, breitete sich vor ihnen eine Vielfalt an kulinarischen Köstlichkeiten aus. Der Tisch bog sich unter der Last von Gerichten, die nicht nur ein Fest für den Gaumen, sondern auch für die Augen waren.

Es gab fein geschnittene Früchte, deren Farben im Kerzenlicht leuchteten, Platten mit kunstvoll zubereitetem Wildbret, das in aromatischen Saucen mariniert war, und Körbe voller frisch gebackenen Brotes, das noch warm und duftend war. Zwischen Schüsseln mit exotischen Salaten, Tellern mit fein gewürzten Wurzelgemüsen und Schalen mit süßen Nachspeisen, die in den verschiedensten Geschmacksrichtungen daherkamen, fanden sich auch Schalen mit glänzenden Beeren und Nüssen.

Elyndra konnte nicht umhin, ihrer Begeisterung Ausdruck zu verleihen.

„Sieh nur! All diese wunderbaren Köstlichkeiten! Es ist, als hätten die Köche ein Fest für die Götter zubereitet!"

Caelon, der ihr mit einem schelmischen Funkeln in den Augen zuhörte, neigte sich zu ihr und flüsterte: „Wahrhaft köstlich, aber ich versichere dir, die wahre Delikatesse befindet sich zwischen meinen Beinen."

Elyndras Augen weiteten sich überrascht und ein leichtes Erröten überzog ihre Wangen. Sie war sich nicht sicher, ob sie schockiert oder amüsiert sein sollte. Caelons lüsternes Grinsen und die Art, wie er sie ansah, ließen in ihr eine Mischung aus Aufregung und Verlegenheit aufkommen.

„Dein Humor sucht wirklich seinesgleichen", bemerkte sie mit einem schüchternen Lächeln.

„Nur ist das kein Scherz", hauchte er heiß in ihren Nacken.

Sogleich griff er ihre Hand und führte sie unter den Tisch, wo er sie auf seinem Oberschenkel ablegte. Sie spürte seine Wärme durch den Stoff seiner Hose hindurch und blickte nervös umher, ob jemand zu ihnen rüber sah. Zu ihrer Beruhigung waren alle anderen Elfen an der Tafel bereits in laute Gespräche verwickelt. Schnell griff sie mit der anderen Hand nach einer großen Birne und biss hinein, um sich so unauffällig wie möglich zu verhalten. Aufgeregt riss sie ihre Augen auf, während sie den süßen Nektar aus der Birne saugte, als Caelon ihre Hand zu seinem Schritt führte. Die heiße Beule spannte fordernd gegen den Stoff seiner Hose. Durch die Berührung ihrer zierlichen Hand wächst die imposante Wölbung weiter an. Lüstern blickte er Elyndra an, wie sie hektisch auf ihrer Birne herumkaute.

„Ich ertrage es nicht mehr, ich muss ihn aus dieser engen Kleidung befreien, deine Berührungen auf meiner Haut spüren", wisperte er leise in ihr Ohr. Sein heißer Atem verursachte eine prickelnde Gänsehaut auf ihrem Nacken.

Mit gekonntem Griff schob er seine Hose ein Stück hinab und befreite sein Gemächt, welches nahezu heraussprang, nach Freiheit schrie. Während dieses Manövers rückte der geschickte Elf unmerklich näher an den Tisch, bis sein Bauch das Holz berührte.

Es beruhigte Elyndra zu sehen, dass von dieser Position aus niemand der Feiernden erahnen konnte, dass er sich unter der üppig gedeckten Tafel entblößt hatte. Erneut nahm er ihre Hand und führte sie zu seinem erigierten Glied. In dem Moment, als Elyndra zum ersten Mal seine nackte Haut berührte, durchströmte sie ein Gefühl von Wärme und Erregung. Ihre Finger zitterten leicht, als sie die Konturen seines enormen Schwanzes nachzeichnete, eine Landschaft aus Stärke und pulsierenden Adern. Er fühlte sich unter ihren Fingern lebendig und warm an.

Während sie an der süßen Frucht knabberte und versuchte ihre Verlegenheit zu verbergen, staunte sie ehrfürchtig über die Größe seiner Männlichkeit. Als ihre Hand vorsichtig weiterwanderte zu seinen prallen Hoden, spürte sie das leichte Zucken seiner angespannten Beinmuskulatur.

Als sie seine Eichel berührte, zog er unweigerlich die Luft scharf ein. In ihrer zärtlichen Berührung lag zugleich etwas Unschuldiges wie zutiefst Anregendes. Eiskalt fuhr es ihm den Rücken herunter, als ihre Finger hauchzart über die Öffnung seiner Spitze glitten.

Mit zarter Neugier betastete sie jeden Millimeter seiner Erektion. Ein Lusttropfen benetzte ihre Haut und sie blickte zu ihm auf, während sie mit der freien Hand zu einem Stück Brot griff. Caelon begann sich mit beiden Händen Essen auf seinen Teller zu laden und sie war beeindruckt, dass er trotz dieser Situation keinerlei Miene verzog. Während er begann zu speisen, nahm er beiläufig ihre Hand und presste ihre Finger fest um seinen Schaft.

Mit festem Griff, bewegte er ihre zierliche Hand rauf und runter, leitete sie an, ehe er sich wieder seinem Essen widmete. Erregt darüber, dass sie sofort verstand und das ihr Beigebrachte umsetzte, genoss er es, als sie begann, seinen Stab mit kräftigem Druck durch die Finger ihrer Faust gleiten zu lassen. Kaum merklich parierten die Stöße seines Beckens, die Bewegung ihrer Hand.

Der Ehrgeiz packte die junge Elfe, als sie in seinen Augen lesen konnte, wie sehr er die Berührungen liebte. Ihr Griff wurde energischer und ihre Bewegungen schneller. Caelon versuchte seine Atmung, die zunehmend in Stößen kam, zu beruhigen, indem er hektisch das köstliche Wildbret in sich hineinstopfte. Er hatte Angst die Kontrolle zu verlieren, nahm sich jedoch mit aller Kraft zusammen. Sich zusammenzureißen und ruhig zu verhalten war eine Gabe, die er sich in all den Jahren des Jagens angeeignet hatte.

Elyndra spürte, wie krampfhaft sich sein Gemächt anspannte, ehe die Explosion nahte. Sie spürte, wie sein heißer Saft aus der zuckenden Eichel herausgeschleudert wurde. In hohem Bogen schoss die Kaskade gleich einem Feuerwerk über ihre Finger hinweg und besudelten die Unterseite des massiven Holztisches. Erst als nur noch vereinzelt Tropfen aus seiner Eichel quollen und über ihre Hand flossen, hielt er es nicht mehr aus und nahm ihre Hand von seinem Schaft. Zufrieden verstaute er ihn in seiner Hose.

„Du bist ein gutes Mädchen, das hast du ganz fantastisch gemacht. Ich bin stolz auf dich", flüsterte er ihr zufrieden zu.

Kapitel 5

GEFLÜSTERTE VERSPRECHEN

Elyndra versank immer mehr in Tagträumereien. Als sie den Grund ihrer Träume einige Tage später auf einer ihrer gewohnten Lichtungen im Wald traf, trug er ein selbstsicheres Grinsen auf den Lippen.

„Elyndra, meine Schönheit, immer ein Vergnügen, dich zu sehen", begrüßte er sie mit einem Augenzwinkern.

Sein Tonfall hatte etwas Verspieltes, das Elyndra unerwartet berührte.

„Oh, ich hätte nicht gedacht, dich heute hier zu treffen", erwiderte sie, bemüht, ihre aufkeimende Aufregung zu verbergen.

Sie spazierten gemeinsam durch den Wald, wobei Caelon gelegentlich neckische Anspielungen auf das Mondfest machte, die Elyndra zum

Lachen brachten, aber auch eine Spur von Röte auf ihre Wangen zauberten. Seine Sprache war offen und direkt, doch stets mit einem charmanten Unterton, der schwer zu entschlüsseln war.

An einem verträumten Bachlauf machten sie Halt. Das Wasser plätscherte sanft vor sich hin, und Caelon sah Elyndra direkt in die Augen.

„Weißt du, ich habe festgestellt, dass ich dich wirklich ... anziehend finde. Seit unserem letzten Treffen gehst du mir nicht mehr aus dem Kopf. Was du mit deinen zierlichen Händen vollbracht hast, war magisch."

Elyndra spürte, wie ihr Puls sich beschleunigte. „Du bist so direkt...", begann sie, doch ihre Stimme verriet eine Mischung aus Schock und Faszination.

„Nur ehrlich", erwiderte er mit einem schiefen Lächeln. „Ich denke, wir beide könnten diese Art des Vergnügens weiter vertiefen."

Seine Worte waren unmissverständlich, und Elyndra fand sich hin- und hergerissen zwischen ihrer Vernunft und dem wachsenden Verlangen, das seine Worte in ihr weckten. Sie erwiderte seinen Blick, ihre Augen funkelten vor ungesagten Möglichkeiten.

Es war ein besonders warmer Nachmittag. Während die Sonnenstrahlen durch das dichte Blätterdach des Waldes brachen, führte Elyndra

Caelon zu einem besonderen Ort, den sie erst kürzlich entdeckt hatte. Tief im Herzen des Waldes lag ein kleiner, zauberhafter Teich. Sein Wasser war kristallklar und spiegelte das Licht der Sonne in tausenden funkelnden Sternen wider.

„Dieser Ort ist magisch", flüsterte Elyndra mit glänzenden Augen, als sie am Ufer des Teiches ankamen.

Der stattliche Elfenjäger, der den Teich ebenfalls bewunderten, erwiderte mit einem schelmischen Grinsen: „Nicht so magisch wie die Frau, die mich hierhergeführt hat."

Die junge Elfe kicherte. Sie fühlte sich frei und unbeschwert. Sie setzten sich ans Ufer, ihre Füße im kühlen Wasser baumelnd. Die Atmosphäre war entspannt, doch unter der Oberfläche brodelte eine spürbare Spannung.

Caelon nahm Elyndras Hand, seine Finger verflochten sich mit ihren.

„Ich glaube, ich habe noch nie ein Mädchen getroffen, das mich so fasziniert wie du."

Verlegen blickte sie ihm in die Augen und errötete.

In diesem Moment schien alles um sie herum zu verblassen. Das sanfte Plätschern des Wassers, das Rauschen der Blätter im Wind – all das wurde zu einer fernen Melodie.

Caelon beugte sich vor und küsste Elyndra sanft. Die Elfe spürte die Hitze seiner vollen Lippen auf den ihren. Der Kuss war zärtlich, aber voller Leidenschaft. Sie erwiderte den Kuss. Ein Hauch von Verlangen erfüllte sie, als Caelon behutsam seinen Mund öffnete und seine Zunge sich fordernd mit der ihren vereinte. Sie spürte, wie seine Hände sanft über ihren Rücken strichen, und eine Gänsehaut breitete sich auf ihrer hellen Haut aus.

Als sie sich voneinander lösten, war die Luft um sie herum elektrisiert. Elyndra lehnte sich glücklich an Caelon, und sie sahen gemeinsam auf den Teich hinaus, ihre Herzen schlugen im gleichen Takt.

„Lass uns schwimmen gehen, uns ein bisschen abkühlen", schlug der Elf vor, ein verschmitztes Lächeln auf den Lippen.

Ohne zu zögern, begann er, sein Gewand abzulegen, und enthüllte die definierten Muskeln seines gebräunten Körpers, geformt durch das Leben im Wald.

Elyndra folgte seinem Beispiel, nachdem sie sich vergewissert hatte, dass er sich ihr abgewandt hatte. Sie ließ ihr Kleid zu ihren Füßen fallen und trat in den Teich. Das Wasser umhüllte sie kühl und sanft, eine willkommene Erfrischung nach der Wärme des Tages.

Sie tauchten ein und schwammen nebeneinander her, lachten und bespritzten sich gegenseitig mit Wasser. Die Unbeschwertheit des Moments war ansteckend, und Elyndra fühlte sich frei und lebendig.

Als sie für einen Moment innehielten, um Atem zu schöpfen, näherte sich Caelon ihr. Seine Augen funkelten vor Verlangen, als er vorsichtig seinen Arm ausstreckte und sie sanft an ihrer Brust berührte. Ein zufriedenes Lächeln spielte um seine Lippen. Seine Hände wanderten behutsam über ihre nasse Haut, während er die weichen Rundungen erkundete. Sanft knetete er ihre Brüste, zwirbelte ihre Brustwarzen zwischen Daumen und Zeigefinger. Sie verspürte einen heißen Schauer zwischen ihren Schenkeln.

Die fordernde Art, mit der er sie erkundete, verlieh seiner dominanten männlichen Ausstrahlung eine neue Dimension. Erregt darüber wie leicht er sie führen und anheben konnte, packte er sie an den Hüften und setzte sie auf einen Stein, der aus dem Wasser herausragte. Aufgeregt gehorchte sie und spürte seine festen Hände, die sich um ihre Schenkel legten, um sie in die gewünschte Position zu bringen.

Freudig erregt spreizte er ihre Beine. Sein Blick war unverhohlen auf ihre zarte Möse gerichtet. Jede Kontur und jede kleine Vertiefung studierte er genauestens, ehe er begann, jedes Fältchen zu erkunden. Behutsam faltete er ihre Schamlippen auseinander, um jedes Detail in seiner ganzen Pracht bewundern zu können.

Mit lüsternem Blick ließ Caelon seine Finger zu Elyndras inneren Schamlippen wandern und stellte zufrieden fest, dass ihre Öffnung bereits feucht geworden war. Liebevoll streichelte er über die empfindliche Haut und entlockte ihr ihren süßen Nektar. Der Elf studierte ihre Reaktion genau, war begierig zu lernen, welche Berührungen sie besonders erzittern ließen.

Zärtlich führte er seinen Finger in ihre feuchte glänzende Spalte ein, wobei sein Blick direkt in ihre Augen drang. Seinen Daumen streifte er kaum merklich über ihre Lustperle. Ein hohes Seufzen entwich ihr, begleitet von einer leuchtenden Schamesröte, welche sie dazu brachte, ihren Blick abzuwenden. Caelons Schwanz richtete sich unter Wasser auf. Genau so wollte er seine kleine Gespielin haben. Er genoss es ihr die Hitze ins Gesicht zu treiben.

Seine Fingerbewegungen waren vorsichtig und liebevoll, ehe er bemerkte, dass sie immer feuchter wurde. Beharrlich stieß er seinen Finger schneller in sie, während sein Daumen ihren empfindlichen Kitzler mit kreisenden Bewegungen erregte. Ihre Lippen bebten und ihr Atem wurde immer schwerer und lauter. Er schob einen zweiten Finger in sie hinein und legte die andere Hand auf ihrem Schenkel ab. Während er immer fester in sie hineinstieß strich er mit dem Zeigefinger seiner anderen Hand schnell und beharrlich über ihren Kitzler.

Elyndra konnte sich nicht mehr zurückhalten. Ein dumpfer Schrei entwich ihrer Kehle, als sie sich in einem überwältigenden Höhepunkt verlor. Ihr ganzer Leib zuckte vor Vergnügen und ihre Hände suchten nach Halt, während ihr Körper in einem Rausch war, der sie völlig gefangen nahm.

„Caelon ...", hauchte sie beschämt.

Er antwortete nicht mit Worten, sondern zog sie stattdessen zu sich in den Teich. Ihre Körper berührten sich im Wasser, und Elyndra spürte die Wärme seiner Haut. Sie schloss ihre Augen, legte ihr Gesicht auf seiner muskulösen Brust ab und gab sich der Empfindung hin, ließ die Welt um sie herum verblassen.

Das Wasser umspielte sanft ihre Körper, während sie in der Abenddämmerung schwammen. Die Sonne, nun fast am Horizont, warf ein letztes glühendes Licht auf die beiden Elfen.

Caelon, der mit einem selbstbewussten und koketten Lächeln durchs Wasser glitt, näherte sich seiner Freundin.

„Du wirkst im Wasser noch bezaubernder und du siehst wunderschön aus, wenn du an der Spitze deiner Lust bist und schreist", flüsterte er mit einem Augenzwinkern. Sein Tonfall war spielerisch, doch hinter seiner leichten Art lag ein Hauch von Bestimmtheit.

„Und du siehst aus wie ein stolzer König im Wasser, Caelon", gab sie mit hochrotem Kopf zurück.

„Ein König, der seine Königin gefunden hat", entgegnete er schelmisch und kam ihr noch näher. Ihre Körper waren jetzt nur Zentimeter voneinander entfernt, und Elyndra spürte die Wärme, die von ihm ausging, trotz des kühlen Wassers.

Caelon legte vorsichtig seine Hand auf Elyndras Taille, seine Berührung fest und doch zärtlich. Sie zuckte kurz zusammen, überrascht von der Direktheit seiner Geste, doch ließ sie es geschehen. Seine Hand glitt langsam tiefer, und Elyndra spürte ein Kribbeln unter seiner Berührung, als sein Finger erneut zwischen ihren Schamlippen versank.

„Du scheinst auf den Geschmack gekommen zu sein. Noch immer ist deine Öffnung heiß und willig."

„Aber ...", begann sie, ihre Stimme zitterte leicht vor Erregung.

„Ssh ...", unterbrach er sie sanft und zog sie näher an sich. Seine Augen fixierten sie, und sie sah darin ein Feuer, das ihr Innerstes zum Schmelzen brachte. Caelons Hand bewegte sich weiter, erkundete behutsam, doch bestimmt. Elyndra schloss ihre Augen, überwältigt von den Gefühlen, die er in ihr weckte.

„Ab auf den Stein", befahl er ihr und zog sie erneut dorthin. Vorsichtig hob er sie an und setzte sie erneut dort ab, positionierte ihre Beine so, dass er jeden verborgenen Winkel bewundern konnte.

In etwa drei Metern Ferne ragten weitere Steine aus dem Wasser. Auf einem dieser Steine machte Caelon es sich gemütlich. Verwirrt setzte sich Elyndra auf und blickte zu ihm rüber.

„Habe ich dir erlaubt, dich wieder aufzusetzen?", mahnte er sie spielerisch.

„N-nein", stammelte sie und begab sich zurück in ihre Position, „hast du es dir anders überlegt?"

Ein Schmunzeln lag auf seinen Lippen.

„Nein, ich genieße es einfach dich anzusehen. Deshalb wirst du es dir jetzt auch selbst machen", beschloss er und lehnte sich zurück.

Geduldig wartete er, als sie ihn eine Minute lang verständnislos anblickte.

„W-was?!", rief sie beschämt mit aufgerissenen Augen.

„Du weißt doch wie es geht. Hast du dich noch nie selbst berührt?"

„D-doch … schon …"

„Nun denn, dann zeig es mir. Stell dir vor du wärst alleine."

Nervös atmete die Elfe ein und aus. In diesem Moment, im verborgenen Teich, weit entfernt von den Blicken der Welt, sollte sie diese Intimität, die sie bisher nur für sich alleine ausgelebt hatte, mit Caelon teilen. Jedes Treffen mit ihm überschritt die Grenzen des Gewöhnlichen.

Elyndra nahm einen tiefen Atemzug ehe sie die Augen schloss und sich vorstellte alleine im Wald zu sein.

Mit behutsamer Hingabe ließ sie ihre Hände zu ihren üppigen Brüsten wandern, drückte sie zusammen und begann sie zu kneten. Insgemein hoffte sie, dabei nicht lächerlich auszusehen.

„Das sieht wundervoll aus", kommentierte Caelon ihre Bewegungen, als würde er ihre Unsicherheit spüren. Ein wenig beruhigt machte sie weiter.

„Spiel mit deinen Spitzen", forderte er sie auf und ein prickelnder Schauer durchzog ihren Körper, als ihre geschmeidigen Fingerspitzen sich sanft um ihre Nippel schlossen und sie liebevoll umgarnten.

Ein Stöhnlaut entwich Caelon und Elyndra öffnete kaum merklich die Augenlider und spionierte zu ihm herüber. Ungeniert beobachtete er sie und hielt seinen harten Schwanz umklammert. Langsam und genüsslich liebkoste er ihn. Als er ihren Blick bemerkte, schloss sie schnell die Augen und tat so, als hätte sie ihn nicht gesehen. Doch seinen geschulten Elfenaugen entging nichts.

„Du darfst mir ruhig auch zusehen", lachte er, „immerhin ist er nur deinetwegen so aufrecht."

Vorsichtig öffnete sie die Augen, während sie weiter ihre Brustwarzen reizte. Unaufhaltsam trieb Caelon seine Bewegungen voran, sie beobachtend.

Beeindruckt darüber wie schamlos er seinen Stab vor ihren Augen bearbeitete, ließ sie eine Hand zwischen ihre Beine gleiten. Die weiche Haut unter ihren Fingern fühlte sich warm und verlockend an und sie spürte, wie sich ihre Nippel vor Erregung immer weiter aufrichteten. Behutsam ließ sie ihre Finger über ihre zärtliche Pforte gleiten, ehe zwei ihrer Finger geschickt in sie eindrangen. Ihre Schenkel bebten vor Lust, als sie sich dem Gefühl hingab und Caelon ansah, der seine Hand nun schneller rauf und runter gleiten ließ.

Sein imposanter Schaft ragte in Richtung Sonne hinauf und die Wassertropfen glänzten auf jeder angespannten Ader.

Mit jeder seiner Bewegungen, mit jedem befreienden Stöhnen aus seinem Mund, spürte Elyndra, wie ihre eigene Lust in ihr hochkochte. Ihre Möse pulsierte. Die rhythmischen Bewegungen ihrer Finger, die immer schneller in sie eindrangen, wurden nun von einem kaum wahrnehmbaren Stöhnen begleitet. Die Hinzunahme eines dritten Fingers verstärkte das Gefühl. Sie konnte sich nicht zurückhalten und wurde lauter.

„Ja, so ist es gut. Du bist ein braves Mädchen, zeig mir wie sehr du es genießt", befeuerte der muskulöse Elf sie mit einem kehligen Raunen. Er war hin und weg von dem Anblick.

Sie gehorchte, wurde schneller und wilder. Jeder kräftige Stoß ließ sie laut aufstöhnen und ihr Körper begann zu zucken, als sie mit der anderen Hand begann ihre Lustperle zu reiben.

„Ja… genau so, meine Kleine …", säuselte Caelon ekstatisch vor sich hin, während er wie von Sinnen seinen Schwanz wichste."

Verzweifelte Atemzüge und ein unkontrolliertes Zittern überkamen die zierliche Elfe. Sie fühlte, wie ihr ganzer Körper erbebte. Alle ihre Sinne verschwammen und katapultierten sie in einen Höhepunkt aus intensiven Empfindungen.

Der Anblick trieb ihn in den Wahnsinn. Seine Bewegungen wurden immer hastiger und unkontrollierter, während ein wildes Knurren seiner Kehle entwich. Er erreichte seinen Höhepunkt und entlud sich in einem lautstarken Ausbruch der Leidenschaft.

Eine selige Stille, durchzogen vom sich beruhigenden Atem erfüllte den Teich. Höchst glücklich sprang Caelon von seinem Stein, schwamm zu seiner Gespielin und erklomm ihren Felsen.

Vorsichtig beugte er sich über die noch immer keuchende Elfe und sah ihr tief in die Augen. So viel Hingabe und Folgsamkeit hätte er sich nie träumen lassen. Sie war Wachs in seinen Händen. Er war zärtlich und wild und davon überzeugt, dass es genau das war, was sie brauchte.

Sein kühner Charme machte sie willig und auch jetzt nach diesem zweiten Vergnügen würde sie noch immer gehorchen, da war er sich sicher. Wenn er wollte, konnte er aufs Ganze gehen, doch war sie besonders, wie sie still da lag, ihm ausgeliefert, die Intensität des Moments verarbeitend. Sie war ein Juwel, sie war ihm heilig und er würde sich Zeit lassen, um jede Sekunde mit ihr auszukosten.

Verzückt darüber, wie ihre Wangen in der kühlen Abendluft noch immer glühten, beugte er sich runter und schenkte ihr einen liebevollen Kuss, hob sie an und drückte sie innig an sich. Ihm wurde warm ums Herz, als sie sich der Umarmung hingab und sich anhänglich an ihm festkrallte. Zärtlich streichelte er ihre langen grünen Haare, hielt sie fest und genoss die Zweisamkeit mit ihr.

Behutsam strich er über ihre Wangen, ihre Stupsnase und fuhr mit dem Daumen über ihren kleinen Mund.

Wollust überkam ihn bei dem Gedanken, wozu diese zärtlichen Lippen wohl fähig waren. Doch nun wollte er ihr die Liebe geben, die sie verdient hatte.

Nachdem sie den verzauberten Teich verlassen hatten, standen Elyndra und Caelon noch einen Moment lang am Ufer, umgeben von der zunehmenden Dunkelheit des Waldes. Sie waren still, als ob sie beide die Intensität des Moments verarbeiteten, den sie gerade miteinander geteilt hatten.

„Das war...", begann sie, aber sie fand nicht die richtigen Worte, um das zu beschreiben, was sie gefühlt hatte.

Caelon drehte sich zu ihr um, ein sanftes Lächeln umspielte seine Lippen.

„Ja, das war es", stimmte er zu, als würde er ihre unausgesprochenen Gedanken verstehen.

Sie sahen sich an, und in diesem Moment schien alles gesagt zu sein. Es gab keine Notwendigkeit für Worte, ihre Blicke kommunizierten alles. Es war eine tiefe Verbindung, die weit über körperliche Anziehung hinausging; es war eine Seelenverwandtschaft, die sie in der Stille des Waldes gefunden hatten.

Caelon trat näher und nahm sanft Elyndras Hand. „Ich denke, wir sollten zurückkehren", sagte er leise. „Es wird dunkel, und der Wald birgt nachts seine eigenen Geheimnisse."

Elyndra nickte, und sie begannen, den Weg zurück zu beschreiten, ihre Finger ineinander verschränkt.

Sie gingen langsam, als wollten sie jeden Moment dieser neuen Nähe auskosten.

Der Weg zurück war geprägt von einem komfortablen Schweigen, unterbrochen nur durch das gelegentliche Rascheln der Blätter und das ferne Rufen der Nachttiere. Als sie schließlich am Rand des Waldes ankamen, wo sich ihre Wege trennen würden, hielt Caelon inne und sah sie an. Neugierig blickte sie zu dem großen Elfenmann auf.

„Elyndra", flüsterte er und blickte ihr tief in die Augen. „Das heute ... es war etwas Besonderes.

Ich möchte, dass du weißt, dass es für mich mehr als nur ein Moment war."

„Für mich auch, Caelon", antwortete Elyndra ehrlich, ihre Stimme weich. Er beugte sich vor und gab ihr einen sanften Kuss auf die Stirn.

„Bis morgen dann", hauchte er und mit einem letzten Lächeln verschwand er in den Schatten des Waldes.

Elyndra blieb zurück, ihr Herz voll von neuen, unerforschten Gefühlen.

Kapitel 6

DAS FEST DER FLAMMENDEN BLÜTEN

In Ardenia, dem Herzen des Waldes, wurde die Vorbereitung für das Fest der flammenden Blüten getroffen, ein Ereignis, das nur einmal alle zehn Jahre stattfand. Es war ein Fest, das die Verbindung der Elfen zur Natur und zu den geheimnisvollen Kräften, die ihren Wald durchströmten, feierte. Elyndra, begeistert von der Gelegenheit, etwas zur Organisation beizutragen, war bereits früh am Morgen auf den Beinen, um bei den Vorbereitungen zu helfen.

Das Fest der flammenden Blüten war bekannt für seine spektakulären Lichter und Farben. An diesem Tag würden die seltenen Blüten der Feuerblütenbäume, die tief im Wald versteckt waren, in voller Pracht erblühen. Die Blüten leuchteten in intensiven Rottönen und gaben ein sanftes, flammendes Licht ab, das in der Nacht den ganzen Wald erhellte. Es war ein Anblick, der so atemberaubend war, dass er selbst den ältesten Elfen den Atem raubte.

Elyndra half dabei, die Lichtungen für die Feierlichkeiten vorzubereiten. Sie und andere Elfen schmückten die Bäume mit leuchtenden Girlanden und funkelnden Kristallen, die das Licht der Feuerblüten reflektieren würden. Überall hingen zarte Lampions, die in der Dämmerung ein sanftes Licht spenden sollten. In der Mitte der Hauptlichtung wurde eine große Bühne errichtet, auf der Musikanten und Tänzer auftreten würden.

Ein besonderer Brauch des Festes war der „Tanz der Flammen". Dabei würden ausgewählte Elfen in einer spektakulären Tanzvorführung die Geschichte des Waldes und der Feuerblüten erzählen. Der Tanz war eine Mischung aus akrobatischen Bewegungen und einer Art magischen Balletts, bei dem die Tänzer scheinbar über dem Boden schwebten und ihre Körper das flackernde Licht der Blüten widerspiegelten.

Elyndra, die für ihre Grazie und ihr tänzerisches Talent bekannt war, wurde ausgewählt, um eine der Hauptrollen im Tanz der Flammen zu übernehmen.

Den ganzen Tag über probte sie ihre Bewegungen, synchronisiert mit den anderen Tänzern, um eine perfekte Harmonie zu erreichen.

Als der Abend hereinbrach und die ersten Sterne am Himmel erschienen, begann das Fest. Die Feuerblüten erstrahlten in ihrer vollen Pracht, tauchten den Wald in ein Meer aus flammendem Rot und Gold. Die Musik begann zu spielen, eine Melodie, die das Herz jedes Anwesenden berührte.

Elyndra trat in ihr Kostüm, das aus fließenden Stoffen in den Farben der Feuerblüten bestand, und bereitete sich auf ihren Auftritt vor. Sie fühlte eine Mischung aus Aufregung und Nervosität, doch als sie Caelon in der Menge erblickte, der sie mit bewundernden Augen ansah, fand sie neuen Mut.

Der Tanz begann, und Elyndra ließ sich von der Musik leiten. Sie bewegte sich mit einer Anmut und Schönheit, die das Publikum verzauberte. Ihre Bewegungen erzählten die Geschichte des Waldes, seiner Geheimnisse und Wunder. Es war ein Moment der Magie, in dem die Grenzen zwischen Realität und Fabel zu verschwimmen schienen.

Als der Tanz endete und der letzte Ton verklungen war, brach ein begeisterter Applaus los. Elyndra verbeugte sich, ihr Herz erfüllt von

Freude und Stolz. Sie suchte Caelons Blick in der Menge und fand ihn. Sein Lächeln war alles, was sie brauchte, um zu wissen, dass dieser Abend unvergesslich bleiben würde.

Als die anmutige Elfe die Bühne verließ, nachdem sie mit atemberaubender Grazie im Tanz der Flammen aufgeführt hatte, fand sie Caelon am Rand der Lichtung. Sein Blick war intensiv und voller Bewunderung, als er sich zu ihr durch die Menge bahnte.

Er trat dicht an sie heran, so nah, dass sie seine Wärme spüren und das leichte Raunen seines Atems hören konnte. Er neigte seinen Kopf zu ihrem Ohr und flüsterte mit einer Stimme, die vor Verlangen vibrierte.

„Elyndra, dich so zu sehen, wie du tanzt, hat mich unglaublich angemacht. Ich konnte meine Augen nicht von dir lassen und es fiel mir schwer, mich zu beherrschen."

Seine Worte, gesprochen in einem Ton, der sowohl drängend als auch zärtlich war, ließen Elyndra erröten. Sie spürte eine Mischung aus Scham und Erregung. Die Direktheit seiner Worte trafen sie mitten ins Herz. Ihre Wangen färbten sich in einem sanften Rosa, und sie konnte den Blick nicht von Caelon abwenden.

„Danke ...", begann sie, aber ihre Stimme versagte.

Die Atmosphäre zwischen ihnen war elektrisch, geladen mit einer Spannung, die seit ihrer letzten Begegnung nur gewachsen war.

Der Elfenjäger, der ihre Verlegenheit bemerkte, lächelte sanft und legte beruhigend seine Hand auf ihre Schulter.

„Du warst atemberaubend. Jede Bewegung von dir war die pure Verführung."

Elyndras Herz schlug schneller bei seinen Worten. In diesem Moment, umgeben von der Magie des Festes und der Schönheit der Nacht, fühlte sie sich ihm näher denn je.

Als das Fest der flammenden Blüten in vollem Gange war, seine magische Atmosphäre durch Musik und lodernde Farben genährt, lehnte sich Caelon zu ihr herüber. Sein Atem streifte ihr Ohr, als er flüsterte: „Ich will dein Schlafzimmer sehen. Jetzt."

Die Elfe, überrascht von seiner fordernden Art, sah sich nervös um.

„Mein Lieber, das geht nicht... die Leute werden es sehen. Sie werden darüber reden."

Die Vorstellung, dass ihre heimliche Verbindung ans Licht kommen könnte, löste in ihr ein Gefühl der Besorgnis aus.

Der stolze Elf jedoch, dessen Augen im flackernden Licht der Feuerblüten funkelten, schien sich um solche Bedenken nicht zu kümmern.

„Es ist mir egal, wer es sieht oder was sie denken", erwiderte er mit leiser, bestimmter Stimme. „Ich will bei dir sein, Elyndra, und zwar jetzt sofort."

In seinem Blick lag eine unverhohlene Sehnsucht, ein Verlangen, das so offensichtlich war, dass es Elyndra fast den Atem raubte. Sie spürte, wie ihr eigener Widerstand zu bröckeln begann, überwältigt von der Intensität seiner Gefühle und der eindringlichen Art, wie er sie ansah.

„Ich weiß nicht so recht ...", hauchte sie, ihre Stimme ein Zögern verratend. Sie war hin- und hergerissen zwischen der Sorge um ihre Privatsphäre und dem wachsenden Verlangen, das seine Worte in ihr geweckt hatten.

Caelon, der ihre Unsicherheit wahrnahm, griff sanft nach ihrer Hand.

„Vertrau mir", hauchte er leise. „Ich will nur mit dir allein sein. Nur wir beide."

Sie nickte schließlich, ein stummes Einverständnis gebend, und ließ sich von ihm führen, weg von den feiernden Mengen, hin zu dem Ort, der nur ihr gehörte.

Nachdem sie sichergestellt hatten, dass niemand sie beobachtete, schlichen Elyndra und Caelon sich von der Feier weg und bewegten sich zielstrebig auf einen der nahen Türme zu, die majestätisch über das Dorf ragten.

Der Turm, ein Wahrzeichen elfischer Handwerkskunst, stand nur wenige Meter entfernt vom Festplatz und bot ihnen die nötige Abgeschiedenheit.

Sie stiegen die schmale, gewundene Treppe hinauf, deren Stufen in das weiche Holz des Turmes geschnitzt waren. Der Aufstieg führte sie in Elyndras Schlafzimmer, ein Raum, der sowohl die Eleganz der Elfen als auch Elyndras persönlichen Geschmack widerspiegelte. Alles war dekoriert mit getrockneten Blumen und hübschen Steinen aus dem Wald.

Der Turm beherbergte auch eine wunderschöne Terrasse – ihr persönlicher Rückzugsort, der eine atemberaubende Aussicht bot.

Sie war umgeben von zarten Blumen und Ranken, die im Mondlicht schimmerten, und bot einen direkten Blick auf das Fest unter ihnen. Die Terrasse war geschmückt mit weichen Kissen und Hängematten, die zwischen den Säulen und Geländern gespannt waren, und schuf so eine gemütliche Atmosphäre.

Von hier oben hatten sie einen perfekten Blick auf das Treiben des Festes. Sie konnten die tanzenden Elfen sehen, die flackernden Feuerblüten und die Musiker, die mit ihren Melodien die Nacht erfüllten.

Die Musik und das Lachen drangen nur gedämpft zu ihnen herauf, vermischten sich mit dem leisen Rauschen des Windes.

Als Elyndra und Caelon sich auf der Terrasse niederließen, bemerkte Elyndra, dass einige der Festgäste zu ihnen heraufblickten. Ein paar winkten sogar, was Elyndra erröten ließ.

„Caelon, sie können uns sehen", flüsterte sie besorgt. „Was, wenn sie anfangen zu reden?"

Der stattliche Elfenjäger, der die leichte Besorgnis in ihrer Stimme bemerkte, legte beruhigend seine Hand auf ihre.

„Lass sie reden, meine Kleine. Was zählt, sind wir - hier und jetzt."

Doch trotz seiner beruhigenden Worte konnte die Elfe die Sorge um das Gerede und die Meinungen der anderen nicht ganz abschütteln. Ihre Beziehung war bisher ein gut gehütetes Geheimnis gewesen, und die Vorstellung, dass ihr heimliches Beisammensein Gegenstand von Dorftratsch werden könnte, ließ sie zweifeln.

Als sie am Rand der Terrasse standen, mit Blick auf das bunte Treiben des Festes unter ihnen, lehnte sich Caelon nah zu Elyndra heran. In der sanften Beleuchtung der Terrasse und unter dem Sternenhimmel, konnte er nicht umhin, seine Bewunderung für sie auszudrücken.

„Weißt du, meine Schöne", begann er mit einem verschmitzten Lächeln, „dein Tanz heute Abend war wirklich atemberaubend. Besonders dein Hintern sah dabei unwiderstehlich aus."

Während er dies sagte, ließ er seine Hand sanft über ihren Rücken gleiten, bis er vorsichtig ihren Hintern berührte. Die Geste war zärtlich und liebevoll.

Elyndra, die anfangs überrascht über seine Direktheit war, konnte sich ein Lächeln nicht verkneifen. Sie spürte die Wärme seiner Hand durch ihr Kleid hindurch und fühlte sich geschmeichelt, aber auch ein wenig verlegen bei seinem Kommentar. Sie lehnte sich leicht zurück in seine Berührung und blickte weiterhin auf das Fest hinunter.

„Du bist unverbesserlich", erwiderte sie, ihre Stimme von einem leichten Lachen begleitet. Trotz ihrer anfänglichen Bedenken über die Aufmerksamkeit, die sie möglicherweise erregten, fand sie Trost und Freude in Caelons ungezwungener Art.

Gemeinsam standen sie da, blickten auf das Fest hinab und genossen den Moment der Nähe, eingehüllt in die Magie der Nacht und die vertraute Atmosphäre ihrer eigenen kleinen Welt auf der Terrasse.

Caelons Hand ruhte noch immer auf ihrem Gesäß, doch nach einiger Zeit begann er sie zu bewegen. Elyndra konnte nicht fassen, dass er das hier und jetzt auf ihrer Terrasse wagte.

„Zeig mir dein süßes Gesäß, kleine Elfe", raunte er von hinten in ihr Ohr, als er frech ihren Rock anhob.

„Viel zu viel Stoff trägst du am Leibe", fügte er noch hinzu, während er ihren Rock zu Boden gleiten ließ. Übrig blieb ihr knappes Oberteil, ihre schenkelhohen Strümpfe und ihre Unterbekleidung - nicht mehr als ein dünner Streifen Stoff, der zwischen ihren Pobacken verschwand. Mit ihm verschwand ebenfalls Caelons Finger, der sich den Weg zwischen ihre Schenkel bahnte.

„Na siehst du, du bist schon ganz feucht", stellte er fest, während er seinen Mittelfinger über die Seide gleiten ließ, die bereits völlig durchnässt an ihren Schamlippen festklebte. Mit selbstgefälligem Grinsen darüber, wie sehr sie ihm verfallen war, neckte er ihren Kitzler und lockte noch mehr Nektar aus ihrer willigen Spalte hervor.

„Grüß dich Elyndra!", riefen zwei Elfen zu der Terrasse hoch, „kommst du nicht wieder runter feiern? Dein Tanz war toll!"

„Dankeschön, ich bin müde die Vorbereitungen waren so anstrengend -aaaahh!", beendete sie ihren Satz mit einem lauten Stöhnen, als

Caelons Eichel ihre Schamlippen spaltete und er seinen harten Schwanz langsam aber bestimmt in sie eindringen ließ.

„Ist alles in Ordnung mit dir?", vergewisserten sich die Elfen."

„J-ja, alles bestens, ich habe nur Kopfschmerzen. Ich denke, ich habe zu wenig getrunken!", stammelte sie herab, bemüht so normal wie möglich zu klingen, während ihre Knie weich wurden und sie sich am Geländer festkrallte.

„Dann gute Besserung, trink viel und bis bald!", riefen die beiden noch hoch, ehe sie sich abwandten.

„Was machst du nur mit mir, Caelon. Du treibst mich noch in den Wahnsinn", wimmerte Elyndra und hielt sich mit aller Kraft fest.

„Ich gebe dir das was du verdienst", erwiderte der große Elf mit amüsiertem Gesichtsausdruck. Fast konnte er ihr Herz klopfen hören. Eine Glut loderte in seinen Lenden.

Er stieß seinen Schwanz tief hinein und ließ ihn auf und ab gleiten. Lautlos war Elyndras Reaktion darauf, doch er spürte, dass sie sich zusammennahm und bemühte, nicht zu schreien. Er genoss es, sie dieser Situation ausgeliefert zu sehen. Immer fester stieß er in sie hinein.

Mit seiner Hand nahm er ihre Haare zusammen und zog ihren Kopf leicht zu sich nach hinten, krallte sich wie ein Besessener daran fest, während er die junge Elfe nun bis zum Anschlag penetrierte.

Plötzlich, wider jede Erwartung zog er sein Glied aus ihr heraus und gab ihr den Rock.

„Komm schnell, beeilen wir uns. Ich will dich dort, wo wir uns das erste Mal gesehen haben.“

Verwirrt wandte sie sich ihm zu.

„So spontan möchtest du so weit gehen?“

„Ja, ich will dich jetzt dort. Komm“, beschloss er und packte sie an der Hand.

Schnell folgte sie ihm und gemeinsam stahlen sie sich vom Fest davon. Eine ganze Stunde waren sie auf dem Weg, ehe sie beim Wasserfall waren und vor dem Teich standen.

„Zieh dich aus“, befahl er.

Sogleich gehorchte sie und entledigte sich ihrer Kleidung, legte sie behutsam auf einem Stein ab. Sie wirkte magisch, wie sich ihre Gänsehaut auf ihrem Körper breitmachte. Schweigend stand er hinter ihr, merkte wie seine Erektion schmerzhaft gegen seine Lederhose drückte. Geräuschlos öffnete er sie und ließ sie hinabgleichen.

„Aber Caelon, warum sind wir hierhergekommen? Du hast es doch auf der Terrasse augenscheinlich genossen?“, fragte sie eingeschüchtert.

„Weil ich deine Schreie hören will", erklärte er leise, während er seine Hand ihren Rücken hinabgleiten ließ. Ihr zierlicher Körper schrie danach hingebungsvoll benutzt zu werden. Sie war makellos. Ihre runden weichen Brüste wippten bei jeder noch so kleinen Bewegung.

Er schenkte ihr einen Kuss, welchen sie voller Hingabe erwiderte. Wild züngelte er mit ihr, während seine Hände immer wieder an ihren Nippeln streiften. Er hob sie hoch, sodass ihre Brust auf Augenhöhe war und begann an ihren zarten Spitzen zu saugen. Mit ihren Beinen klammerte sie sich an seinem Brustkorb fest.

Sie war leicht wie eine Feder. Gezielt hob er sie noch höher und ließ seine Zunge über ihre Schamlippen gleiten. Er kitzelte noch mehr Lust aus ihr heraus und stieß seine Zunge immer wieder in ihr feuchtes Loch. Mit der Zungenspitze umspielte er ihren geschwollenen Kitzler und war zufrieden, als sie begann ihm ein Stöhnkonzert zu liefern. Bereits nach wenigen Minuten ließ er sie wieder zu Boden gleiten und sah sie gebieterisch an.

„Geh da rüber und bück dich für mich", verlangte er.

„Sehr wohl", hauchte sie ihm leise zu.

Ihre verführerische Stimme hinterließ ein sehnsuchtsvolles Kribbeln in ihm.

Er wollte sie unterwerfen. Auf allen vieren kroch sie zum Ufer und bot ihm ihr makelloses Hinterteil dar.

Eine Erregung wie nie zuvor durchfuhr ihn, als er sie willig daliegen sah, sie mit seinen lüsternen Blicken durchbohren konnte. Er fürchtete wahnsinnig zu werden, wenn sie ihm weiter alle seine Wünsche erfüllen würden, sich ihm widerstandslos darbieten und gnadenlos ausliefern würde.

In stiller Ungewissheit verharrte sie und erschrak sich, als er seine große Handfläche sanft auf ihre Pobacke niedersausen ließ.

Ein lautes Stöhnen entfuhr ihr und sein Ständer wuchs von Sekunde zu Sekunde. Er ließ weitere Schläge folgen, genoss den Anblick, wie bei jedem Hieb ihr Gesäß zuckte. Sie schnurrte eine Katze, schien ungeahnte Gelüste zu empfinden.

Ruckartig schob er zwei Finger tief in ihre nasse Spalte hinein. Er konnte spüren, dass sie nach seinem harten Schwanz verlangte. Hart knetete er ihre Pobacken und vergrub seine Fingerspitzen in ihrer Haut, als sein mächtiges Glied ihre heiße Lustgrotte aufstemmte.

Tief und fest drückte er seinen harten Schwanz in sie hinein.

Fordernd packte er sie am Nacken und drückte ihr Gesicht hinab in die feuchte Erde. Immer wieder rammte er seinen harten Luststab mit voller Wucht in ihre enge Scheide. Elyndra fühlte sich, als würde sie von seiner Männlichkeit aufgespießt werden.

Ruckartig packte er sie an den Hüften, hob sie an und drehte sie um. Setzte sie auf sich auf drauf. Während er ihre wippenden Brüste nun beobachten konnte, hob er schnell und ruckartig sein Becken, um sie immer noch fester erbarmungslos durchzuficken.

Er spürte wie seine prallen Hoden immer wieder an ihr Gesäß klatschten. Seine Finger wanderten zu ihrem Kitzler. Ihr Stöhnen glich einer Lobeshymne, Musik für seine Ohren und seine Erregung war auf dem Höhepunkt. Seine Kraft ließ nach, es war zu überwältigend. Er war nicht mehr fähig seine Hüfte zu heben. Kurzerhand übernahm Elyndra das Steuer, machte weiter, ritt ihn zu wie einen wilden Hengst.

„Jaaaa, du bist ein gutes Mädchen!", lobte er sie, tätschelte kurz ihren Kopf und lehnte dann die Arme zurück.

Sein Schwanz begann wie wild zu pulsieren, er verfiel in Schnappatmung und stieß einen tiefen Schrei aus, als er eine mächtige Ladung tief in seine kleine Elfe hineinpumpte.

Zutiefst befriedigt kehrten die Beiden zurück zum Fest. Arm in Arm lagen sie in einer Hängematte und blickten hinab zum bunten Treiben der Feiernden. Nachdem sie einige Zeit auf der Terrasse verbracht hatten, wandte sich Caelon mit einem nachdenklichen Ausdruck an Elyndra.

Die Sterne funkelten über ihnen und das Fest unter ihnen hatte seinen Höhepunkt erreicht, doch in seinen Augen lag eine Spur von Melancholie.

„Meine Kleine, es war wirklich schön mit dir heute Abend", begann er, seine Stimme sanft, aber bestimmt. „Aber ich muss jetzt gehen."

Elyndra sah ihn überrascht an. „So früh schon?", fragte sie, ein Anflug von Enttäuschung in ihrer Stimme.

Caelon nickte.

„Ja, es gibt noch etwas, das ich erledigen muss. Aber ich habe eine Bitte an dich."

Er sah sie direkt an, seine Augen ernst.

„Kannst du morgen bei dem großen Baum am Wasserfall auf mich warten? Ich habe eine Überraschung für dich."

Seine Worte weckten Elyndras Neugier. „Eine Überraschung?", wiederholte sie, und ein Lächeln breitete sich auf ihrem Gesicht aus. „Das klingt interessant. Ja, ich werde da sein."

Caelon lächelte, sichtlich erleichtert über ihre Zusage. „Gut, ich freue mich darauf, dir zu zeigen, was ich geplant habe."

Mit diesen Worten verabschiedete sich Caelon. Die Elfe blieb zurück, blickte in die Nacht und fragte sich, was er wohl für sie vorbereitet hatte. Die Vorfreude auf das morgige Treffen und die mysteriöse Überraschung ließen ihr Herz schneller schlagen. Sie spürte, dass etwas Besonderes in der Luft lag.

Kapitel 7

DAS GEHEIMNIS AM WASSERFALL

Voller Aufregung und Neugier machte sich Elyndra am nächsten Morgen auf den Weg zum großen Baum am Wasserfall. Der Himmel war klar, und die ersten Sonnenstrahlen brachen durch das dichte Blätterdach des Waldes, tauchten den Pfad in ein warmes, goldenes Licht. Elyndras Herz schlug vor Vorfreude schnell.

Als sie den Baum erreichte, ein mächtiges, altes Gewächs, das sich majestätisch in die Höhe reckte und dessen Wurzeln tief in die Erde griffen, lehnte sie sich gegen seinen Stamm. Der Wasserfall rauschte in der Nähe, eine beruhigende Melodie, die sich mit den Klängen des Waldes vermischte.

Sie blickte sich um, doch von Caelon war noch keine Spur zu sehen.

Während sie wartete, ließ sie ihre Gedanken schweifen. Die Begegnungen mit dem muskulösen Elfenmann in den letzten Tagen hatten etwas in ihr geweckt, eine Sehnsucht und ein Verlangen, das sie kaum in Worte fassen konnte. Er war so anders als die anderen Elfen, die sie kannte – stark, wild und immer für eine Überraschung gut.

Sie dachte über ihre gemeinsamen Momente nach, über die intensive Nähe und die vertrauten Berührungen. Sie fragte sich, was Caelon für sie empfand – ob er etwas für sie empfand und was seine geheimnisvolle Überraschung sein könnte. Ihre Gedanken drehten sich um die Möglichkeiten, die vor ihnen lagen, und um die ungewisse Zukunft ihrer Beziehung. War es überhaupt eine Beziehung? Immerhin hatte er nie etwas in die Richtung gesagt. Sie wusste nicht, ob sie die Einzige war und ob es für ihn etwas Ernstes war.

Der Wasserfall plätscherte weiterhin sanft, und die Vögel zwitscherten in den Bäumen. Sie fühlte sich in diesem Moment tief mit der Natur verbunden. Sie schloss die Augen und lauschte den Geräuschen um sie herum, ließ sich von der Schönheit und Ruhe des Ortes umfangen.

Als Elyndra an den mächtigen Baum gelehnt wartete, verlor sie sich in ihren Gedanken. Doch die Stille wurde plötzlich von einer unerwarteten

Bewegung durchbrochen. Bevor sie realisieren konnte, was geschah, spürte Elyndra, wie etwas – oder jemand – ihre Hände ergriff. Ehe sie reagieren konnte, wurden ihre Arme sanft, aber bestimmt nach hinten gezogen und an den Baum gebunden. Ihr Herz begann zu rasen, Überraschung und ein Anflug von Angst mischten sich.

Bevor sie um Hilfe rufen konnte, spürte sie, wie ihr eine Augenbinde angelegt wurde, ihre Welt wurde in Dunkelheit gehüllt. Ihr Atem beschleunigte sich, und sie versuchte, sich gegen die Fesseln zu wehren, doch es war zwecklos. Sie war festgebunden, unfähig zu sehen, wer oder was hinter dieser unerwarteten Wendung steckte.

„Wer ist da!?", rief sie aus, ihre Stimme zitterte leicht, „ich habe keine Goldmünzen dabei!"

Doch die einzige Antwort war das fortwährende Rauschen des Wasserfalls und das leise Rascheln der Blätter im Wind.

Plötzlich hörte sie Schritte, die sich ihr näherten. Jeder Schritt ließ ihr Herz schneller schlagen. Die Schritte kamen näher und näher, bis sie spüren konnte, wie jemand direkt hinter ihr stand.

„Hilfe!!! Wegelagerer!!! Goblins!!!", schrie sie, in der Hoffnung, dass jemand ihr zu Hilfe eilen würde.

Sie spürte einen Atem an ihrem Ohr und dann eine vertraute Stimme, die ihr eine Gänsehaut über den Rücken jagte. „Keine Angst, meine Schönheit. Es bin nur ich", flüsterte Caelon, und seine Stimme klang zutiefst amüsiert.

Sie spürte, wie sich ihre Anspannung ein wenig löste.

„Was machst du da?", fragte sie, halb ärgerlich, halb erleichtert.

„Das ist Teil deiner Überraschung", antwortete Caelon geheimnisvoll. „Vertraue mir."

Obwohl immer noch verwirrt und etwas unsicher, entschied Elyndra, sich auf das Spiel einzulassen. Sie lauschte den Geräuschen um sich herum, jetzt noch intensiver, da ihr Sehsinn ihr genommen war. Jedes Rascheln, jeder Hauch von Bewegung wurde zu einem Teil des rätselhaften Szenarios, das der stattliche Elfenjäger inszeniert hatte.

Die Spannung, gepaart mit der Ungewissheit dessen, was er geplant hatte, ließ Elyndras Herz in Erwartung höherschlagen. Was auch immer Caelon vorhatte, es war klar, dass dieses Treffen alles andere als gewöhnlich werden würde

In der Dunkelheit, die nur von Caelons Stimme durchbrochen wurde, spürte Elyndra, wie ihre anfängliche Angst einer Mischung aus Neugier und Erregung wich. Gefesselt und mit verbundenen Augen an den Baum gelehnt, wartete sie gespannt auf seine nächsten Handlungen.

Caelons Hände berührten sie sanft, glitten über ihre Arme und Schultern.

„Vertraust du mir?", raunte er wieder.

„Ja", hauchte sie zurück, die Unsicherheit in ihrer Stimme wich einer erwartungsvollen Spannung. Ihre Sinne waren geschärft, jede Berührung fühlte sich intensiver an, da sie nichts sehen konnte.

Der Elf ließ seine Hände weiter über ihren Körper wandern, jede Berührung war bedacht und zielgerichtet.

Elyndra spürte, wie ihre Haut unter seinen Fingern zum Leben erwachte, ein Netz aus Gänsehaut breitete sich über ihren Körper aus.

Plötzlich spürte sie Caelons Lippen an ihrem Nacken, leicht und verspielt, bevor sie sich einen Weg entlang ihrer Kehle bahnten.

Die Elfe seufzte, gab sich den Empfindungen hin, die in ihr hochstiegen. Seine starken Hände bewegten sich nun geschickter, forschender. Sie tasteten über ihre Taille, bevor sie sanft über ihren Bauch glitten.

Scharf zog sie die Luft ein, überrascht und doch erfreut über die kühnen Berührungen.

„Du bist so wunderschön", flüsterte Caelon, seine Stimme nun tiefer, getragen von offensichtlichem Verlangen. „Jeder Millimeter deiner Haut, jede Kurve ist perfekt."

Seine Hände zeichneten die Konturen nach, als würden sie ein Kunstwerk erforschen. Ihr Atem beschleunigte sich, ihre Gedanken wirbelten.

Während er weiterhin sanft ihren Körper erkundete, begann er langsam, die Schichten ihres Gewandes zu lösen. Stück für Stück fielen die weichen Stoffe zu Boden, bis sie nur noch von der kühlen Luft und dem feinen Nebel des nahen Wasserfalls berührt wurde. Die kühle Brise streichelte ihre Haut, ließ sie frösteln und doch erzittern vor Erregung.

„Fühlst du das?", flüsterte Caelon, als er ihre Entkleidung vollendete. „Die Luft, der Wind, der feine Dunst des Wasserfalls - all das ist jetzt ein Teil unseres Spiels."

Elyndra, die jetzt den Elementen ausgesetzt war, fühlte, wie jeder Tropfen Wasser auf ihrer Haut zu einem elektrisierenden Impuls wurde. Ihr Körper reagierte empfindsam auf die kühlenden Berührungen. Die Hände des Elfen fanden erneut ihren Weg zu ihr, jetzt mit einer neuen Dringlichkeit. Er rieb seine Finger an ihren Scheideneingang, bis die Feuchtigkeit aus ihr herausquoll und seine Hand vollständig benetzte. Sie begann immer schwerer zu atmen. Gänsehaut durchfuhr ihren makellosen Körper, als Caelons pralle Eichel bereits ihre Schamlippen streifte.

Sein Schwanz war steif und verlangte nach ihrem ausgelieferten Schoß. Er packte ihre Hüfte und drückte sie langsam hinab, sodass sie ihn in sich aufnehmen konnte. Als er tief in sie eindrang, entwich ihr ein hohes genussvolles Raunen.

Ein angenehmes Ziehen durchzog Caelons Lenden und er weidete sich an der Empfindung, an der Hitzigkeit ihres zierlichen Schoßes. Zügellose Leidenschaft überkam ihn, wie sein strammes Gemächt immer wieder in das enge, feuchte Loch eindrang. Der übermäßige Genuss, den die kleine Elfe dabei empfand, erregte ihn und er empfand eine perfide Freude daran zu sehen, wie sie um ihre Fassung kämpfte.

Mit Wohlgefallen begutachtete er, wie sein breiter Schwanz, die glatte zierliche Möse dehnte und schob ihn ihr bis zum Anschlag hinein. Sehnsuchtsvoll stöhnte sie dabei und er bemerkte ihren süßen Kitzler, der sich ihm angeschwollen entgegenstreckte. Bereit sie in Ekstase zu versetzen, platzierte er seinen Daumen direkt darauf und begann sie mit kreisenden Bewegungen sanft zu massieren. Jede Gelegenheit nutzte er, um weiter ihre Sinne zu erregen, hauchte immer wieder sanft über ihre Haut, und jeder Atemzug fühlte sich an wie eine zarte, flüchtige Berührung.

„Gefällt dir das?", flüsterte Caelon. „Spürst du wie jeder Hauch dich lebendig macht?"

Elyndra antwortete nicht mit Worten, sondern mit einem tiefen, erfüllten Seufzen. Sie war ganz in den Empfindungen gefangen, die der Elf in ihr hervorrief. Er bewegte sich geschickt, immer darauf bedacht, sie zu überraschen und ihre Erregung zu steigern. Er drückte seinen muskulösen Körper eng den ihren, wollte sie spüren und nahe bei sich haben, um sie fester penetrieren zu können. Lange und ausgiebig bearbeitete er sie, brachte sie mit seinen unbarmherzigen Stößen zum Ächzen, ehe er merkte, wie sie sich innerlich zusammenzog und dem Höhepunkt näherte. Erneut liebkoste er ihren Kitzler und sah verträumt zu, wie sie fast geistesabwesend einen intensiven Orgasmus in den Wald hinausschrie.

Der Anblick übertraf alles, was er ertragen konnte und so ließ seinen Emotionen freien Lauf. Mit Genuss kam er und füllte sie vollständig mit seinem Saft. Sein Schwanz zuckte und pumpte alles tief in sie hinein. Als sie sein Geschenk in sich aufnahm, nahm er ihr die Augenbinde ab. Dankbar und erleichtert blickte sie ihn an. Völlig fertig sackte sie zusammen, als er sie von dem Baum losgebunden hatte.

Kapitel 8

EIN VERLOCKENDES ANGEBOT

In der Dunkelheit der Nacht, unter dem alten Baum am Wasserfall, standen Elyndra und Caelon. Das Mondlicht zeichnete silberne Muster auf den Waldboden, und der sanfte Klang des Wasserfalls erfüllte die Luft.

Caelon, dessen Augen im Mondlicht einen entschlossenen Glanz annahmen, brach die Stille. „Elyndra, diese Nächte mit dir, sie haben etwas in mir entfacht, das ich nicht mehr zähmen will. Ich will mehr... ich will dich, jederzeit und ohne Zurückhaltung." Seine Stimme war tief und voller Verlangen.

Elyndra, überrascht von seiner Offenheit, spürte ein Kribbeln der Erregung. „Caelon, was meinst du damit?"

„Ich will, dass du zu mir in meinen Turm ziehst", sagte er direkt. „Dort können wir ungestört sein, und ich kann dich nehmen, wann immer ich will. Ich will dich immer in meiner Nähe haben."

Elyndras Herz schlug bei diesen Worten schneller.

Die Vorstellung, immer in Caelons Nähe zu sein, seine ständige Begierde zu spüren, war aufregend und beängstigend zugleich.

„Aber was ist mit unserer Freiheit?", fragte sie, ihre Stimme zitternd vor einer Mischung aus Furcht und Erregung.

„Unsere Freiheit liegt in unserer Leidenschaft", erklärte Caelon. „In meinem Turm können wir leben, wie es uns gefällt, ohne uns um die Meinungen anderer zu kümmern."

Sie standen sich im Schatten des Baumes gegenüber, die Spannung zwischen ihnen war greifbar. Elyndra spürte das wilde, ungezügelte Verlangen, das von Caelon ausging. Die Möglichkeit, sich ganz seiner Leidenschaft hinzugeben, war verlockend.

„Ich... ich muss darüber nachdenken", sagte sie schließlich, ihre Stimme unsicher.

Caelon trat näher, legte seine Hände an ihre Wangen und sah ihr tief in die Augen.

„Nimm dir die Zeit, die du brauchst. Aber

denk daran, was wir haben könnten... eine Welt nur für uns beide."

Als sie zögerte und meinte, dass sie darüber nachdenken müsse, änderte sich Caelons Miene zu einer Mischung aus Entschlossenheit und einem dominanten Verlangen.

„Was gibt es da zu überlegen, Elyndra?", raunte er mit einer tiefen, eindringlichen Stimme. „Du bist mir doch vollends verfallen. Oder willst du wirklich darauf verzichten?"

Seine Worte waren nicht nur eine Frage, sondern eine Herausforderung.

Der Elf trat näher an sie heran, seine Hand sanft, aber bestimmt an ihre Taille legend. Er zog sie näher zu sich, seine Berührung sinnlich und fordernd. Elyndra spürte, wie ihr Körper unwillkürlich auf seine Nähe reagierte, eine Welle des Verlangens durchzog sie, ließ sie vor Erregung erschaudern.

In diesem Moment fühlte sie sich Caelons magnetischer Anziehungskraft vollständig ausgeliefert. Seine Worte, seine Berührung, sein gesamtes Wesen zogen sie unwiderstehlich an.

„Ich ... ich komme mit", gab sie nach, ihre Stimme nun ein Flüstern voller Kapitulation und Erregung. Die Vorstellung, sich vollkommen Caelons Leidenschaft hinzugeben, in seinem Turm ein neues Leben zu beginnen war zu verlockend.

Caelon lächelte, ein Lächeln, das sowohl Triumph als auch Verlangen ausdrückte.

„Gut", flüsterte er sanft und zog sie noch näher an sich. „Das wird der Beginn von etwas Unglaublichem sein, Elyndra. Etwas, das nur uns gehört."

In dieser Nacht, unter dem Sternenhimmel und dem Schutz des alten Baumes, besiegelten sie ihre Entscheidung mit einem Kuss. Es war der Beginn eines neuen Kapitels, getrieben von einer Leidenschaft, die so wild und frei war wie der Wald von Ardenia selbst. Für Caelon, den stattlichen Elfenjäger, gab es keinen größeren Triumph. Die Liebe und Treue Elyndras zu gewinnen, war für ihn wie die kostbarste Beute, die er jemals in den weiten Wäldern hätte erlangen können. Sie war die perfekte Gefährtin, die ihm mit Hingabe folgte und nun ganz ihm allein gehörte – ein Schatz, der sein Herz mit unermesslichem Glück erfüllte.

„Bedeutet dies, dass ich nun deine Frau bin?", fragte Elyndra mit einem Hauch von Unsicherheit in ihrer Stimme. Ihre Augen suchten die seinen, gefüllt mit einer Mischung aus Hoffnung und Neugier.

Der stolze muskulöse Elf blickte fest und unerschütterlich zu ihr hinab.

„Durchaus, wenn du es möchtest", erklärte er mit einer Stimme, die sowohl Wärme als auch eine unbeugsame Entschlossenheit trug. „Aber dir fehlt noch ein Zeichen, ein Beweis dafür, dass du wirklich mir gehörst." Seine Worte waren sanft, doch in ihnen lag unausgesprochener Anspruch. Ein Grinsen legte sich auf seine Lippen.

Die junge Elfe spürte ein Kribbeln der Vorfreude, gepaart mit einer Spur von Sorge.

„Wie kann ich dieses Zeichen erhalten? Was muss ich tun?", fragte sie, ihr Blick fest auf Caelon gerichtet, bereit, den Weg zu gehen, den er ihr weisen würde.

Dieser Trat näher, seine Präsenz gebieterisch und streckte seine Hand nach ihr aus.

„Wenn du meinen Segen erhalten hast, dann wirst du meine Frau sein", erklärte er voller Verlangen.

Elyndra nickte folgsam.

„Niederknien", befahl er, seine Stimme ruhig und bestimmt, doch voller Wärme. Die Worte klangen in ihren Ohren nicht nur wie eine Aufforderung sondern fast wie Teil eines Rituals, das sie enger verbinden sollte. Elyndra, erfüllt von einem tiefen Gefühl des Vertrauens, nahm seine Worte an.

„Es ist an der Zeit, dass du mir deine Hingabe zeigst", merkte Caelon amüsiert an und die junge Elfe durfte beobachten, wie sein langer harter Schwanz aus der Hose sprang. Erneut war sie tief beeindruckt von der Größe seines Gemächts und fühlte sich etwas überfordert. Unterwürfig kniete sie vor ihm, nahm den geschwollenen Penis mutig in die Hand und begann sanfte Küsse abzusetzen. Überall verteilte sie sie den gesamten Schaft entlang, leckte vorsichtig daran, während ihre Hand zu seinen dicken Hoden wanderte. Zärtlich begann sie zu massieren und fühlte die Anspannung, die immer mehr zunahm. Wollüstig blickte sie zu ihrem großen Gespielen auf und konnte erkennen, wie viel Begierde in seinen Augen aufglomm. Ein Lusttropfen perlte an seiner pochenden Eichel ab. Gierig las sie ihn auf und umfasste die Eichel mit ihren Lippen, ehe sie auch den Rest zügellos verschlang und ihn so tief es ging, in sich aufnahm. Caelon begann zu stöhnen, legte den Kopf in den Nacken und schloss seine Augen.

Fest krallte sich die junge Elfe an seinen definierten Schenkeln fest, um mehr Halt zu haben.

So konnte sie das Tempo beschleunigen, was den Elfen dazu brachte mitzumachen und gezielte Stöße abzusetzen. Elyndras bereitwilliger Mund hielt still, während Caelon ihn immer haltloser penetrierte. Ihre zierlichen Lippen, die immer wieder den gesamten Schaft entlangglitten und seine Eichel bei jedem Stoß stimulierten, ließen ihn schlussendlich aufstöhnen.

Mit einem lauten Ächzen belohnte er die kleine Elfe, indem er seinen warmen Saft tief in ihrer Mundhöhle entlud. Zufrieden rieb er seine Schwanzspitze noch über ihre geröteten Lippen, verteilte die letzten Tropfen in ihrem Gesicht.

„Jetzt hast du meinen Segen erhalten", raunte er zufrieden, während sich sein Atem beruhigte.

„Zeig mir deine Zunge", befahl er ihr und sie präsentierte sie ihm weiß und tropfend, wie eine winterliche Schneelandschaft, die der Wärme des Frühlings weicht.

„Schluck alles runter", wies er sie an und streichelte ihren Kopf. Sie gehorchte und streckte ihm zum Beweis erneut ihre Zunge raus.

„So ist es gut. Aber ich muss dir leider sagen, dass ich noch nicht genug habe. Er steht noch immer. Zieh dich aus und geh zum Wasser, meine Hübsche."

Vorfreudig nickte sie, begab sich zum Wasser und entledigte sich ihrer wenigen Kleidung.

„Was soll ich jetzt machen?"

Langsam trat er näher, positionierte sich hinter ihr und hielt sie fest umklammert.

„Ich liebe dich dafür, dass du mich das fragst", flüsterte er sanft in ihr Ohr und gab ihr einen liebevollen Kuss.

Zärtlich packte er ihre Pobacken und schob sie auseinander, sodass er einen Blick auf ihren Anus erhaschen konnte. Angetan davon befeuchtete er seine Finger an ihrer triefenden Möse und rieb sie an ihre Rosette. Geduldig und genussvoll massierte er sie dort mehrere Minuten am Stück und lauschte ihrem leisen Wimmern. Als sie locker war, drang er mit dem Finger in sie ein und sie stöhnte auf. Behutsam erkundete er ihr enges Loch, welches sich eng um seinen Finger schloss. Er spürte ihren schnellen Puls und begann den Finger langsam immer wieder herauszuziehen und wieder hineinzuschieben. Auch dabei ließ er sich reichlich Zeit. Vorsichtig legte er seine Hände auf ihren Hüften ab. Fordernd zog er sie zu sich heran, um in sie einzudringen. Sein mächtiger Schwanz war angeschwollen und es gierte ihn nach Erlösung. Bis zum Anschlag schob er ihn in ihr enges Loch hinein.

Elyndra stieß einen hohen Schrei aus. Er füllte sie vollständig aus, dehnte sie ins Unermessliche und sie spürte die zuckende Eichel, die sich den Weg tief in ihr Innerstes bohrte. Seine Finger vergruben sich tief in ihren langen Haaren, hielten sie fest und stramm, ehe er seinen Prügel ein Stück herauszog, nur um ihn dann noch tiefer hineinzustoßen.

Seine Hoden drückten sich an ihre auslaufende Spalte und ein prickelndes Gefühl durchströmte all seine Nerven.

Zuerst noch so behutsam und zärtlich, wurden seine Stöße immer schneller und hemmungsloser. Die zierliche Elfe hielt sich an allem fest, was sie irgendwie mit ihren Händen erreichen konnte. Der harte Schaft zog sich immer wieder zurück, nur um dann noch erbarmungsloser in sie zu stoßen. Sie spürte ihn in jedem Winkel ihres Gesäßes. Bei jedem noch wilderen Stoß klatschen Caelons Hoden noch fester gegen ihre Möse. Voller Wonne gab sie sich den Stößen hin und hatte das Gefühl, innerlich zu zerfließen.

Die Atmung des mächtigen Elfen wurde schneller und er beschleunigte nun erneut sein Tempo, bereit, ihr den Rest zu geben. Seine Eichel begann wie wild zu zucken, er schrie seine Lust hinaus in die Tiefen des Waldes. Fest krallten sich seine Finger in ihre Hüften, als er zum finalen Stoß ansetzte und seinen heißen Samen in sie ergoss.

„Jetzt, bist du meine Frau", keuchte er außer Atem und sackte neben ihr zusammen.

Eine Welt voller Bücher

Unvergessliche Abenteuer
Faszinierende Charaktere
Neue Welten und Ideen

Bei Infinity Gaze endet
die Lesereise nie!

Jetzt entdecken unter:
www.infinitygaze.com